小豆子

金建华 / 著

上海教育出版社
SHANGHAI EDUCATIONAL
PUBLISHING HOUSE

前　言

　　上海教育出版社有本历史悠久的刊物，叫《读读写写》。"小豆子系列"从 2008 年起在这本刊物上连载，没想到，竟一口气连载了 9 年，这应该算是蛮少见的吧。

　　为什么连载这么长时间？当然是因为读者喜欢。责任编辑是个认真负责的好编辑，她拿着刊物专门到学校去搞调查，结果皆大欢喜。故事中的小豆子跟小读者年龄相仿，彼此所想的、所做的是那么的相仿，真是心有灵犀一点通啊。

　　小豆子是个聪明、调皮、有爱心的小男生，当然也少不了这个年龄段小孩子特有的爱恶作剧、闹闹脾气等小毛病。故事内容贴近日常生活，场景多为家庭和学校。故事中的人物除小豆子外，还有爸爸、妈妈、奶奶、外公、外婆，老猫、小哈巴狗等。学校里有大哥哥老师、蓝老师，同学有巴亚、尼尼、卡卡、阿贝、美美、小杰等。对了，还有隔壁刘叔叔、力力等。故事的特色是幽默、有童趣，说白一些，就是故事看起来还比较好玩。整个故事的阅读基调是欢快的，就像生活，总是美好的东西多。

　　令人高兴的是，这个系列故事要编成书出版了，没有在刊物上读过故事的同学，也有机会和小豆子交朋友了。哈哈，敬请期待吧！

金建华

2018.7.1

目 录

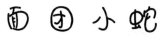

面团小蛇

妈妈用水把面粉和成面团，然后，她开始包小豆子喜欢吃的鲜肉包。

"妈妈，我也要包。"小豆子过来说。妈妈说："你会吗？"

"会的。"

小豆子洗干净手，坐在妈妈旁边，开始搓面团。

面团在他两个手心里搓啊搓，咦？怎么一点儿也不圆，却变得越来越长？

妈妈笑起来，说："小豆子，你搓的是一条小蛇吧？"

小豆子摊开手掌看，真的是一条小蛇呢，好可爱！

"对的，妈妈，我就是要搓一条小蛇。"

小蛇的身体搓好了，脑袋和细细的尾巴也搓好了，把它和圆圆的鲜肉包放在一起，哈哈，好像它是活的一样。

第二天，小豆子去学校，告诉小朋友们说："昨天我吃了一条小蛇！"

"吹牛！"亮亮说，"蛇是有毒的。"

"我吃的蛇没有毒，还很香呢。"小豆子拍着肚皮说。

女孩子们都瞪大了眼睛，她们盯着小豆子，像看怪物似的。

大哥哥老师来了，大家立刻围上去，七嘴八舌地说："小豆子吃了一条蛇！"

"真的吗？"大哥哥老师问。

"真的。"小豆子点点头，然后，他凑近大哥哥老师的耳朵，悄悄告诉他这个秘密。

大哥哥老师听了，说："真有趣啊！"

他又摸摸小豆子的大脑袋说："也许你还想吃一头大象吧？"

"嗯！"小豆子高兴地点点头。

这是怎么回事啊？小朋友们都急了，嚷嚷说："快告诉我们秘密吧！"

秘密在手工课上揭晓了！大哥哥老师叫大家用面团搓东西，小豆子搓了一头大象，亮亮搓了一架飞机，沙沙搓了一顶帽子……

这天放学后，来接孩子们的大人听也听不懂小朋友之间的对话。

小豆子说："我吃了一头大象。"

亮亮说："我吃了一架飞机。"

沙沙说："我吃了一顶帽子。"

……

12 斑点狗

今天小豆子特别高兴，因为爸爸带回来一只好可爱的狗狗。狗狗的身上有许多黑色的斑点，小豆子数了数，一共有 12 个。

"就给你取名叫 12 斑点狗吧。"

12 斑点狗一动不动看着小豆子，好像没有听懂的样子。于是，小豆子解释道："12，知道吗？这是你的名字，表示你身上有 12 个斑点。来，叫 12 声，汪！汪！汪……"

可是，12 斑点狗闭紧嘴巴不肯叫，小豆子想了想，跑去拿来了宠物饼干。"喏，这是给你的！"小豆子拿了一块饼干放到 12 斑点狗的鼻子前，狗狗想吃，小豆子却突然躲开了。

"你得叫啊！叫 12 声。"

"汪！汪汪！汪！"12 斑点狗终于叫道。

"1、2、3、4，你叫了4声，还差8声，再叫啊！"小豆子给 12 斑点狗吃了一块饼干，又拿出了一块饼干。

"汪！汪汪汪！汪！"啊！12 斑点狗真是一只聪明的狗狗，它好像已经知道了，只要叫，就有饼干吃。

小豆子给了 12 斑点狗一块饼干，又算了算它的叫声：1、2、3、4、5，第二次叫了5声，加上第一次叫的4声，总共是 9声。"还差3声，就满12了。"他说。

小豆子第三次拿出了饼干。12 斑点狗一看，摇着尾巴马上叫道："汪！汪汪！汪！"

"嗨，你多叫了一声。"小豆子批评 12 斑点狗，不过，小豆子还是奖励了狗狗一块饼干。

下午，小豆子带 12 斑点狗到小区花园里散步。有个老爷爷问："小豆子，这是你养的狗吗？"

"是的，它叫 12 斑点狗。"接着，小豆子就主动给老爷爷解释起了狗狗名字的由来……

爷爷变成小孩子

奶奶很喜欢小豆子。

这天，爷爷带小豆子出去玩，很晚才回来。

"小豆子，你快进去。"爷爷说。好奇怪，爷爷自己为什么躲在后面？

奶奶笑眯眯地迎出来，摸着小豆子的脑袋说："好孩子，总算回来了！"

转眼间，她却换了另外一种脸色，责怪爷爷说："你怎么这么晚才带孩子回来？"

"奶奶，不怪爷爷，是我不肯早回家！"小豆子说。

"那也是爷爷不对！"奶奶说，"他是大人嘛。"

小豆子和爷爷都饿了，他们大口大口地吃奶奶端上来的晚饭。

"老头子，慢点吃，怎么像个小孩子似的。"奶奶说。

小豆子看着爷爷，边吃边想：要是爷爷变成一个小孩子，奶奶就不会骂他了。

这天夜里，小豆子梦见爷爷真的变成了一个小孩子。他和小豆子比赛扳手腕，输了还赖皮，说："不算不算，重新来！"

第二次爷爷赢了，他高兴得又蹦又跳，举着双手喊："我是冠军！我是冠军！"

小豆子生气了，说："第一次是我赢的！"

"第一次不算！"爷爷说。

小豆子更加生气了，大声说："第一次是我赢的！"

"第一次不算！"爷爷还是说。

就这样，两个人抱在一起打了起来。小豆子气得要死，他想：这个人真不讲理！

第二天，小豆子一醒来，就跑去看爷爷。

还好！爷爷没有变成小孩子！

吃过早饭，小豆子和爷爷下象棋。爷爷觉得奇怪，为什么小豆子输了不像以前那样要赖了？

不过，爷爷很高兴，小豆子也很高兴。

不一样的老鼠

　　小豆子好喜欢图画书里的米老鼠，它聪明又机智，有时候还很顽皮。

　　小豆子想象自己就是米老鼠，他会念一句古怪的魔语，然后，变！变！变！他就变成了米老鼠，跟图画书里的米老鼠一模一样。

　　唐老鸭很奇怪，说："咦，怎么又来了一只米老鼠？"

　　小豆子说："你一定猜不着谁是真米老鼠，谁是假米老鼠吧？"

米老鼠也说："对呀！对呀！"

唐老鸭猜啊猜，果然猜不着。两只米老鼠就罚它吃辣酱，辣酱好辣啊！辣得唐老鸭伸长头颈，"嘎嘎嘎"地乱叫。

这时，妈妈走了过来，说："小豆子，你在笑什么呀？"

唉，妈妈一说话，小豆子就变了回来，什么米老鼠、唐老鸭啊，全都不说话了。

下午，居委会有个阿姨送来一个小纸包，妈妈小心地打开纸包，把它放在厨房的角落里。

"妈妈，这是什么呀？"小豆子很好奇，他看到纸包里包着一粒粒像小豆子一样的东西。

"这是给老鼠吃的，千万别碰！"妈妈说。

"是给老鼠吃的小糖果吗？"

妈妈笑了起来，说："这是老鼠药，老鼠吃了死光光。"

啊！眼前的妈妈一下子变得好可怕！小豆子大叫道："米老鼠是我的朋友，不许你害死老鼠！"

妈妈想了想，明白了，原来，小豆子把家里的坏老鼠当成了书里的米老鼠。

"家里的老鼠是坏蛋，它们咬坏家具，偷吃东西，还传播细菌。"妈妈说。

"真的吗？"小豆子惊讶地说，"书里的米老鼠可不是这样的呀！"

"对啊！"妈妈说，"作家把米老鼠写得那么好，这是美好的愿望啊！"

美好的愿望？小豆子想起自己过生日的时候，也许下过美好的愿望。

第二天，小豆子去学校，告诉小朋友们说："知道吗？米老鼠跟家里的老鼠是不一样的。"

好运饺子

奶奶每次包饺子，总要在一只饺子里悄悄地放进几粒煮熟的小红豆。奶奶说，谁吃到放小红豆的饺子，准保身体健康，好运多多。

奇怪的是，每回吃到那只饺子的总是小豆子。"奶奶，您说我的运气好不好？"小豆子得意地问奶奶。

"好！好！好！"奶奶呵呵呵地笑着说。

有一回，奶奶生病了，住进了医院。小豆子很难过，想起吃饺子的事，心想："都是我不好，一个人把好运气给占了。"

奶奶病好出院后，一天，又包饺子给小豆子吃。小豆子悄悄地躲在一边观察，终于发现了秘密。

原来，奶奶对那只放小红豆的饺子做了记号，所以，每回她总能把那只饺子盛到小豆子的碗里。

饺子煮熟了,小豆子大声宣布:"奶奶,今天由我来盛饺子哦。"

爸爸、妈妈都点头看着小豆子笑,只有奶奶不同意,说:"奶奶来盛,小心烫着手。"

"奶奶,您放心吧,我会很小心的。"

奶奶听了,只好把盛饺子的漏勺给了小豆子。哈哈,这下,那只代表好运的饺子就被盛到奶奶的碗里啦。

当奶奶咬到小红豆的时候,全家都热烈地鼓起掌来。小豆子说:"奶奶,祝您身体健康,好运多多!"

"好!好!好!"瞧,奶奶笑得呀,脸蛋像朵盛开的花。

送给妈妈的礼物

有一天，小豆子想："从来都是大人给小孩子过生日，怎么没有小孩给大人过生日呢？"

小豆子去问妈妈："妈妈，您的生日是哪一天？"

"6月8日。"

今天是6月5日，哎呀，离妈妈的生日只有三天了。小豆子有些着急，因为他想要准备一件世界上最棒的礼物送给妈妈。

整整一天，小豆子想得脑袋都疼了，还是想不出送给妈妈什么礼物好。"对啦！送一头大象给妈妈吧，这一定是世界上最特别的礼物。"

"可是，这谁都知道是不可能的。"小豆子不觉笑出了声，"只有童话故事里才有这样的事！"

第二天，小豆子去学校，见到丽达头上戴了一个好看的发卡。"哈，我知道要送给妈妈什么礼物了！"他想。

下午放学回家后，小豆子拿了自己的零花钱，偷偷地溜到街上去了。

他沿着一排排商店往前走，走过了药店、银行、邮局、水果店、服装店、超市、大饭店……哎呀，怎么就没有卖发卡的商店呢？

这时候天已经有些暗了，小豆子看看四周，吓了一大跳：哎哟，找不到回家的路了！

"我没有买到礼物，还把自己给弄丢了，妈妈知道了一定会伤心的。"小豆子想着想着，忍不住大哭了起来。

一个警察叔叔跑了过来，问了小豆子许多问题，然后送他回了家。可是，小豆子见到妈妈却怎么也高兴不起来。

"怎么了？宝贝。"妈妈说，"发生了什么事？"

妈妈听了儿子的故事，先是大笑，然后，她搂紧小豆子，说了一句好难懂的话："傻孩子，你就是妈妈这一辈子得到的最棒的礼物！"

陌生的小豆子

这天，家里人突然发现小豆子变了，变得谁都不认识了。

小猫好好地蹲在墙角落里打瞌睡，他走过去，踢了小猫一脚。

"喵喵喵！"小猫慌乱地叫着，逃到了阳台上。

"小豆子，小猫怎么了？"妈妈从厨房里探出了脑袋。

"不知道！"小豆子没好气地说，一头往自己的房间冲去。

爸爸迎面走来，他不让路，还粗声粗气地说："快走开！"

爸爸惊讶极了，一只手扶住差点掉下来的眼镜，还没等他开口说话呢，"砰"的一声，房门被关上了。

"这孩子今天怎么啦？"爸爸去问妈妈。

妈妈摇摇头，耸耸肩，她正忙着呢，没空多想这个问题。

到了吃点心的时候，妈妈削了一个苹果拿去给小豆子吃。小豆子不像平时那样说声"谢谢"，他看也不看妈妈一眼，就大口大口地啃起了苹果。妈妈因为心里惦记着其他事，也没在意，就走了出去。

后来，妈妈要用剪刀，她喊道："小豆子，帮妈妈找找剪刀放在哪里。"

"别烦我！"小豆子不耐烦地说。

这下妈妈感到了不对劲，她像个木偶似的呆呆地站着，一句话也说不出来了。

爸爸再也看不下去了，他扔下手里的报纸，要去教训小豆子。可是，却被妈妈一把拉住了。

第二天是个大晴天，小豆子一早起来就喜气洋洋的，昨天笼罩在他脸上的阴影全不见了。

"瞧，这才是我们的小豆子！"爸爸、妈妈笑了。

生活中，有许多像小豆子那样的孩子，他们平时很乖、很听话，可是突然会有哪一天，变得让别人感到陌生。这，大概就是成长的秘密吧！

QIAN SHOU XIAO DOU ZI

千手小豆子

小豆子跟着妈妈去旅游。在一座庙里，他惊讶地看见了一座千手观音像。

"妈妈，她怎么长这么多手啊？"

妈妈回答说："这叫千手观音像！"

"她真的有一千只手吗？"小豆子想，他指着观音像数了起来："1、2、3、4……"

数啊数，别的游客都走了，妈妈急了，说："别数了，快走吧！"

这天夜里，小豆子做了一个梦。他梦见自己长出了一千只手。

"妈妈，我是千手小豆子哎！"

妈妈却高兴不起来："长这么多手，做衣服要多少布料啊！"

小豆子走啊走，不知怎么的，来到了学校里。嗨，手多就是好，唰唰唰，他一下把几门课的作业全都做完了。

"小豆子，我来不及做数学作业，你帮我做了吧。"好朋友阿布说。

"帮我把美术作业做了吧。"

"还有我的英语作业。"

……

同学们拿着作业本都围了上来，小豆子所有的手又开始忙碌起来了。他不停地写啊写，哎呀，手好酸啊！

放学了，同学们都高高兴兴地回家去了，小豆子却被大哥哥老师给留了下来。

"小豆子，你知道自己错在哪儿吗？"大哥哥老师问。

"我、我不知道。"小豆子揉着又酸又疼的手说。

"你帮同学做作业，这不是做好事，知道吗？"

"知道！"小豆子点点头，他的眼圈红了。

第二天，小豆子一醒来，就对妈妈说了一句没头没脑的话："妈妈，我可不想做什么千手小豆子！"

车子飞上天

CHE ZI FEI SHANG TIAN

今天的说话课，轮到小豆子给大家讲故事。他问大哥哥老师："我讲一个自己想出来的故事，行吗？""好啊！好啊！"大哥哥老师说。

下面就是小豆子讲的故事——

有一天，我爸爸开车出去，在路上遇到一只狐狸。狐狸站在马路边向我爸爸招手，我爸爸就把车停下来，问："你要搭车吗？"狐狸点点头，说："谢谢你！"

狐狸坐上了车，车子开了一段路，前面出现了堵车，我爸爸只好把车停在路边。

有个警察走了过来。原来不是真正的堵车，是警察在执行公务，检查车辆。我爸爸很紧张，因为他的车上坐着一只狐狸，他想，大概这是不允许的吧。

警察看了看我爸爸的车子，什么话也不说，就挥手叫我爸爸把车开走。我爸爸很奇怪，他从反光镜中一看，天哪！狐狸竟变成了一个人！

我爸爸有些害怕，希望狐狸快些下车。可是，狐狸还嫌车子开得慢，说："我让车子飞起来吧！"

狐狸念了一句魔语，车子真的飞了起来，我爸爸吓得大叫，狐狸却轻松地吹起了口哨。

小豆子讲到这里，停下来不讲了。"还有呢？还有呢？"小朋友们急着问。连大哥哥老师也说："后来怎么样了呢？"

"后来，狐狸不知道到什么地方去了。"小豆子抓抓头皮说。"我知道了，"大哥哥老师笑着说，"小豆子是让大家编故事的结尾呢。"

小朋友们一听，兴奋极了，阿秋第一个站起来讲。他说，后来，狐狸把魔语教给了小豆子的爸爸，小豆子的爸爸再把魔语讲给别的驾驶员听。这样，城里再也没有发生过堵车的事，因为车子都在天上飞来飞去。

哈哈，今天的说话课真有趣，每一个小朋友讲的故事结尾都不一样，就好像大家一连听了很多故事，真是过瘾啊！

花雨伞

小豆子是一个男孩儿。谁都知道，男孩儿跟女孩儿不一样，男孩儿不喜欢穿花里胡哨的衣服，不喜欢妈妈喊"宝贝儿"，更不喜欢妈妈当着别人的面亲自己。

可是，小豆子的妈妈好像常常会忘了小豆子的性别，她给小豆子买颜色很鲜艳的毛衣，当着商店里其他顾客的面大声说："宝贝儿，来，穿上这件试试。"

"妈妈！不要！"小豆子小声抗议道。

妈妈拍了一下自己的脑袋，哈哈哈地笑起来，这才想起小豆子是她的儿子，而不是什么女儿！

在回家的公共汽车上，小豆子觉得有些累了，闭上了眼睛。突然，"叭"一声，妈妈在他脸颊上重重地亲了一口。

"妈妈！"小豆子生气地喊。

车厢里的人都转过头来看着他们，小豆子觉得好难为情，真想找条缝钻进去。

有一天小豆子去上学，妈妈在他的书包里塞了一把雨伞。

放学时，天果然下起了雨，小豆子拿出装在套子里的雨伞，撑开一看，傻眼了："这明明是小姑娘用的花雨伞嘛！"

这时，小豆子看见了小美，正巧她没带伞，又跟他同路，于是，小豆子灵机一动，说："小美，我们一起走吧。"

哈哈，你知道当时小豆子心里是怎么想的吗？他想："我和小美一起走，那样，就没有人会认为花雨伞是我的了。"

晚上，小豆子在日记本上写道："妈妈，我爱您，可是，我希望您能知道我心里想的……"

奶奶织的手套

天有一点点冷的时候，奶奶就开始给小豆子织手套了。

手套织好了，妈妈说："小豆子，你要好好爱护哦，小心别弄丢了。"爸爸也说："是啊，奶奶眼睛不好，织一副手套很不容易的。"

这天，小豆子去小伙伴家玩，回来的路上，掉了一只手套。起先，他一点儿也不知道，等回家脱鞋子的时候，才发现手套不见了。

"哎呀，这下不好了！"小豆子担心极了。这是奶奶织的手套，跟一般的手套可不一样呢！

小豆子要悄悄地回去找手套，奶奶不让，说："刚回来，怎么又要出去？"

"奶奶，我、我要去找、找……"小豆子吞吞吐吐地说。

奶奶盯着小豆子看，发现了秘密："是掉了手套吧？"

"对不起，奶奶，我会把它找回来的。"

"奶奶和你一起去。"

23

小豆子和奶奶刚走出小区的大门，迎面就碰上了爸爸妈妈。奶奶抢着说："我带小豆子出去走走，没什么事。"

爸爸妈妈走远了，小豆子松了口气，说："奶奶，您是我的好朋友。"

祖孙俩沿着小豆子刚才回家的路一路往前走，突然，小豆子一眼看见了自己的手套：哎呀，它正被一只野猫又抓又咬呢！

"嘘——"小豆子奔过去，赶走了野猫。

好可惜啊！新手套被抓破了。小豆子等着挨骂，奶奶却只是摸了摸他的头，说："没关系，奶奶会想办法补好的。"

第二天，小豆子刚醒来，奶奶就拿着补好的手套进来了。啊！好聪明的奶奶，她在手套被抓破的地方端端正正绣上了小豆子的名字。

小豆子高兴地说："奶奶，现在全世界的人都知道这是我的手套了。"

大魔法师哈利

小豆子希望自己有一件隐身衣，就像那个顶顶有名的大魔法师哈利·波特一样。

他披上爸爸的黑大衣，戴上妈妈的大墨镜，躲在沙发背后问："奶奶，您看得见我吗？"

奶奶不知道小豆子在玩隐身的游戏，她站起来找，一找就找到了小豆子。

"嗨嗨，干吗弄成这个样子？怪兮兮的！"奶奶说。

"我是大魔法师哈利。"小豆子躲开奶奶的手，骑上扫帚，在房间里跑来跑去，吓得家里的小猫躲进床底下去了。

小猫的叫声让小豆子很兴奋，他想起了那只出现在哈利家门口的黑猫。

"小猫，出来！出来呀！"小豆子蹲下身，向小猫招手。

小猫刚刚探出脑袋，就被小豆子一把按住了。小猫叫得更响了。

奶奶急着来救小猫。小豆子说："奶奶，小猫会变的啊！"

"会变什么？"奶奶不明白小豆子在说些什么。

"会变成一个人！"

奶奶气得不行，今天怎么啦？小豆子尽说些胡话！

爸爸回来了，小豆子冲上去说："爸爸，送我到魔法学校去吧，就像哈利！"

爸爸是知道哈利的，所以他不像奶奶那样惊奇。"去魔法学校吗？好的呀！可是，你知道它在哪儿吗？"

真是糟糕，就连爸爸也不知道魔法学校在哪儿！

后来妈妈回来了，小豆子问妈妈，妈妈也不知道。不过，她说："这真是个美好的愿望呀！"

这天夜里，小豆子高兴地梦见哈利来接他去魔法学校……

巧克力和漫画书

QIAO KE LI HE MAN HUA SHU

小豆子觉得肚子好饿啊！可是，现在是上课时间，大哥哥老师正站在讲台边讲课，他可不能自说自话地跑出去。

书包里、口袋里什么可吃的也没有，小豆子盯着书上画着食物的图画看，肚子饿得越发难受了。

一旁的小杰见小豆子坐立不安，问："你怎么啦？"

"有吃的吗？"小豆子轻声问，满怀希望地看着小杰。

小杰把手伸进了口袋里，里面有一块他一直舍不得吃的巧克力。

"这个送给你。"小豆子拿出一本新漫画书悄悄塞给小杰。

小杰同意了，他拿巧克力和小豆子交换了漫画书。

小豆子三下两下吃完了巧克力，满意地舔着嘴唇，小杰呢，埋头看着漫画书。

哎呀，大哥哥老师走过来了，小豆子来不及提醒小杰，漫画书被收掉了。

小杰好难受，现在巧克力没有了，书也没有了！

下课了，小豆子在走廊里追上了大哥哥老师，请求他把书还给小杰。

"我、我吃了小杰的巧、巧克力，书就、就算是小杰的了。"小豆子急得话也说不顺畅。

"你在说什么呀？"大哥哥老师说。

小豆子把经过讲了一遍，大哥哥老师听了，说："事情是你引起的，你和小杰各写一份检查送来吧。"

为了尽快拿回漫画，小豆子和小杰以最快的速度写好了检查书，跑去找大哥哥老师。

大哥哥老师收下了检查，把书还给小杰，又拿出一包饼干给了小豆子，说："记住，以后可得吃饱肚子再来学校啊。"

"知道了。"小豆子拉着小杰，高兴地跑出了老师办公室。

豆子狗

班里将排演一出课本剧，
大家抢着要表演其中的角色，
争来争去，只有一只小狗的
角色没人愿意演。

小豆子对演课本剧没有
兴趣，不过，他喜欢狗，学狗
叫像极了。他举手对大哥哥
老师说："我想演小狗。"

大哥哥老师很高兴，说："学狗学得像，不但要会狗叫，
还要会模仿狗走路的样子。"

"还有狗摇尾巴的样子。"佳韦不怀好意地说。

同学们都笑起来，小豆子真想打佳韦一拳，不过，他一点
也没有不高兴，想象着自己在舞台上摇着尾巴走来走去的神
气劲，那真的很好玩呢！

放学回家的路上，小豆子在路边的街心花园里看见一只
没人看管的小狗，立刻悄悄地跟踪过去。小狗发现了他，转
身就跑。"汪汪汪！"小豆子叫唤道。

小狗停了下来，小豆子灵机一动，弯下腰两手撑地，四肢并用向它爬过去。小狗回头好奇地盯着小豆子，发出低低的"呜呜"声。小豆子猜想小狗大概已经把他当成了同类，不会再跑了，谁知他错了，小狗突然窜进花丛，不见了。

这时，身后突然传来了"哈哈哈"的笑声，小豆子一下跳了起来，又是佳韦！"唉，他一定看见了刚才我学狗爬的滑稽样子，瞧他笑得上气不接下气的样子。"小豆子气恼地想。

小豆子没有追到佳韦，闷闷不乐地回到家。他把心思讲给爸爸听，爸爸听了，兴奋地提出要跟儿子比赛学狗爬。

小豆子被爸爸逗乐了，正当父子俩在地板上起劲地爬来爬去的时候，妈妈回来了。

"哎呀，你们这是怎么啦？"妈妈叫道。

至今想起妈妈那时的惊奇样，小豆子还忍不住想笑呢。

那次演出非常成功，大哥哥老师表扬小豆子演得棒极了，连佳韦也对小豆子佩服得不得了，气人的是，他改叫小豆子为"豆子狗"了。

长大当警察
ZHANG DA DANG JING CHA

　　小豆子长大想当一名警察。爸爸说，要真的成为一名警察，得做很多准备工作。

　　"像这样要每天练功吗？"小豆子边打拳边问爸爸。

　　爸爸点了点头。小豆子觉得这还不够，当警察，得有一双火眼金睛，认得出谁是好人，谁是坏人。

　　走在大街上，小豆子到处侦察，看哪个最像坏人。终于，他发现了一个板着脸的人，看起来好凶。

　　小豆子悄悄跟着他走，后来实在走不动了，忽然想起爸爸生起气来，也是板着脸一副好凶的样子。"爸爸不是坏人，那么，这个生气的人，也不一定是坏人啊。"小豆子这样推理，就停止了跟踪。

　　小豆子又看见了一个像坏人的人，她在广场上这里站站，

那里站站，还神色慌张地东张西望。"她是在等什么人，搞秘密接头吧？"小豆子兴奋地想，决心牢牢地看住她。

不一会儿，广场上的人越来越多，接着，来了一辆巴士，小豆子看见她随着许多人往车上挤，还听见她抱怨说："哎呀，上班要迟到了！"

小豆子红着脸跑开了。

快要奔进家门的时候，小豆子一眼看见了一个正在做坏事的坏蛋！他举着水枪，嘴里喊着"啪啪啪"，正在起劲地射他家晾着的衣服呢。

"快举手投降吧！"小豆子勇敢地冲上去，一把缴获了他的水枪。

没想到坏蛋居然还哭呢！正当他张嘴"哇啦哇啦"大哭的时候，爸爸从屋里跑了出来，批评小豆子不该欺负表弟，还命令他还水枪。

小豆子生气极了，大声喊道："我是警察！"

晚上临睡前，爸爸进来看小豆子，说要告诉他一个秘密。

"是什么秘密啊？""儿子哎，你长大了能当一名好警察。"爸爸附在小豆子耳边悄悄说。小豆子"咯咯咯"地笑起来，因为爸爸的胡须弄得他的脖子好痒。

野猫球球

有一天，小豆子和妈妈在路上走，看见一只很瘦的野猫。妈妈说，野猫就是没有家的猫。"好可怜啊！"小豆子用力拽紧了妈妈的手。

往前走了一段路，小豆子回过头，又看见了那只野猫。"它怎么还跟着我们啊？"小豆子问妈妈。妈妈从背包里拿出一块饼干，撕开包装纸，   轻轻地放在了地上。小豆子边走边回头看，野猫警惕地走近那块饼干，突然，它叼起饼干，慌慌张张地跑走了。

几天后，就在小豆子差不多快忘了野猫时，那双熟悉的眼睛又在他家院子里的树背后出现了。"妈妈，野猫！"小豆子失声叫道。妈妈冲出来赶野猫走，小豆子却突然好想留下它。"别赶它走！"小豆子恳求妈妈。"怎么，你想养它？"小豆子点了点头。

野猫留在了小豆子家里，小豆子给它取名叫球球，因为它的两只眼睛很圆，像两只亮晶晶的球。球球过上了小公主般的生活，小豆子和妈妈都很疼爱它，妈妈给它洗澡，小豆子给它梳毛；妈妈喂它吃好吃的，小豆子逗它玩。

球球长胖了，变得越来越漂亮了，小豆子每回从外面回来，它总是"喵喵"叫着迎上来，高兴地用脸蹭小豆子的裤脚管。小豆子以为球球从此会在他家过一辈子，但是后来，他发现球球渐渐变得不像一开始那么开心了，它常常呆在一个地方，长时间地一动不动。

"妈妈，球球是不是病了？"小豆子担心地问妈妈。妈妈马上抱着球球去了宠物医院。"医生说球球身体上没什么病，大概是得了思乡病。"妈妈一回来就宣布。

小豆子懂了，原来动物也会怀念自己过去的生活，不管这种生活是好的还是坏的。"猫有猫的生活，让它自由吧！"在一个天气晴朗的日子里，小豆子和妈妈把球球抱到了野外。

"再见！球球。"

"喵喵，喵喵喵！"

小豆子变成鱼

XIAO DOU ZI BIAN CHENG YU

小豆子气呼呼地上床睡觉去了。他刚跟妈妈吵了一架，发誓永远也不理睬妈妈了。

夜很安静，小豆子做了一个奇怪的梦，他梦见自己的皮肤上长出了鱼鳞，两只手变成了鱼鳍，脚变成了鱼尾巴。

天哪，小豆子变成了一条生活在水里的鱼！

一开始，小豆子感到很新鲜，他用鳍和尾巴游泳，用鳃呼吸，就像一条真正的鱼。

"你好，新来的鱼！"鱼儿们都围上来好奇地打量小豆子。

"做一条鱼，你得小心不要被渔网网住，也不要去咬渔钩上的钓饵哦。"

"也要小心不要被大鱼吃掉。"

……

小豆子听着听着，突然好想妈妈，"妈妈在哪儿呢？我一定要找到妈妈。"

"妈妈!"小豆子拼命喊着,到处乱窜。

鱼儿们说:"你变成了鱼,就不能再变回去了。"

小豆子伤心地哭了,他真后悔跟妈妈吵架,妈妈要是找不到他,不知道会急成什么样子呢。

"妈妈! 妈妈!"小豆子边喊边用力往上跳。

"小豆子! 小豆子!"小豆子心里一阵狂喜,他好像听到了妈妈的喊声。

他睁开眼睛,果然看见了妈妈。妈妈用一只手环抱着他,另一只手轻柔地抚摸着他的头发。

"做梦了吧?"妈妈轻轻问。

小豆子点点头,脑袋深深地埋进了妈妈温暖的怀抱里。

小猴子的话

　　小豆子喜欢爸爸喊他"小猴子"，因为他特别喜欢小猴子。

　　小豆子用印着猴子的毛巾洗脸，就好像在跟猴子说悄悄话。

　　小豆子穿着绣着猴子的鞋子出去玩，就好像在跟猴子一起奔跑。

　　小豆子抱着毛绒绒的玩具猴睡觉，就好像和猴子一起在梦里玩耍……

　　星期天，小豆子跟爸爸一起去动物园看猴子。小豆子能听懂猴子的话，爸爸却一句也听不懂。小豆子就给爸爸当翻译，把猴子的话翻译成爸爸听得懂的普通话。

　　有只猴子向小豆子他们招了招手，小豆子说："爸爸，猴子在说欢迎我们呢。"

　　"真的吗？猴子真的是这样说的吗？"

　　小豆子点点头："我肚子饿了，给我一些东西吃吧。"

　　爸爸马上拿出面包给小豆子吃，小豆子笑了："爸爸，刚才的话是猴子说的。"

小豆子把面包一片片撕下来扔给猴子，猴子们一拥而上。

"是我先看到的。"

"不对，是我。"

有两只小猴子为了一片面包打了起来。

"不害羞，快别打了！"小豆子马上又扔过去一片面包。

两只小猴子各拿了一片面包，抓耳挠腮地看着对方。

"爸爸，它们在说'对不起'呢。"

"是的，我好像也听到了。"爸爸说。

小豆子激动地一下抱住爸爸："爸爸，你也成了猴子的好朋友。"

"再见！"

"再见！"

小豆子和爸爸告别可爱的猴子，回家去了。

哪一天你去动物园，也要仔细听听猴子们在说些什么哦。

告诉你一个秘密

"告诉你一个秘密哦。"小豆子看见别人，总是这样神秘兮兮地说。"什么秘密啊？"被问的人一定会好奇地问。

"那边树上，我看见一片树叶变黄了。"小豆子用力踮起脚，指给那个人看他的最新发现。

小豆子每天都会发现新的秘密。跟爷爷出去散步，回来他告诉爸爸一个秘密："爸爸，告诉你一个秘密哦。"小豆子嘴巴附在爸爸耳边悄悄说。

"什么秘密啊？"爸爸故意把眼睛瞪得大大的。

"我看见小狗抬着一只脚小便哎。"小豆子说着，吃吃地笑起来，还抬起脚来学给爸爸看。

星期天，小豆子去看住在乡下的外婆，一到外婆家，他就打电话给妈妈："妈妈，告诉你一个秘密哦。"

"真的吗？是什么秘密啊？"妈妈故意用很惊奇很惊奇的

声音说。"妈妈，小兔子的眼睛是红的哎。"

不久，小豆子又打来了电话，告诉妈妈一个新的秘密："妈妈，我看见大雁排着队在天上飞。"

这天，妈妈总共接到了小豆子10个电话，晚上小豆子回来，他还告诉妈妈一个秘密："妈妈，你知道吗？外婆家的狗，跟我一样大，也是 6 岁哎。"

小豆子的秘密就是这样多得不得了，你呢，有了秘密愿不愿意讲出来和大家一起分享呢？

KE AI DE XIAO TU ZI
可爱的小兔子

毛毛是一只可爱的小兔子，它是小豆子外婆养大的。不过，现在毛毛成了小豆子的小兔，小豆子过生日那天，外婆把它送给了小外孙。

小豆子喂毛毛吃萝卜，毛毛想吃，但是不敢走近小豆子。小豆子把萝卜放在地上，自己躲起来，毛毛这才放心了，走过来"咯吱咯吱"地吃起来。

小豆子说："外婆，毛毛的胆子好小。"外婆说："那是因为毛毛跟你还不熟。"

那是真的，小豆子以前见了不熟悉的小朋友，也会这样的。

慢慢地，毛毛不怕生了，小豆子一叫它的名字，它就会转过头来找，鼻子一动一动的，好像要跟小豆子说话。它还肯让小豆子摸它软软的毛了，不过，它不喜欢小豆子摸它的尾巴，好像尾巴是它的宝贝似的。

小豆子有空的时候会念故事给毛毛听，毛毛一边听一边用小小的鼻子闻闻小豆子的书，好像它能闻出故事的味道来似的。有一次小豆子给它看画在图画书上的兔子，毛毛伸出一只脚，碰碰书上的兔子，好像在跟它打招呼。

小豆子断定毛毛是一只聪明的兔子，就想教它识字，他在卡片上写了 1 到 5 五个数字，教它看到 1 就眨一下眼睛，看到 2 就眨两下眼睛……

可是，这对毛毛来说太难了。"我们不学识字了，我们来玩寻找的游戏吧。"小豆子对毛毛说，小豆子把卡片藏在青菜叶下，毛毛一找就找到了，它可高兴了。

夏天的夜晚，小豆子抱着毛毛坐在秋千架上，这是他和毛毛感到最惬意的时刻……

一个人的时候

小豆子发现当他一个人的时候，就变成了另外一个人，这是真的！

小豆子一个人的时候，会像鸟儿一样到处飞翔。

他还听得懂动物说话，有一次，他和一只蚱蜢交谈了很久。

"啊所里个大其。"这就是蚱蜢的语言，意思是：见到你很高兴。

还有一次，小豆子像一只蝙蝠那样倒挂在枝头，听松鼠在那儿轻轻地哼唱。

"小，是巴向天蓝海吧人。"歌词意思是：啊，我的心情多么愉快。

特别值得一提的是，有一次小豆子变成了一条蚯蚓，钻进泥洞里去拜访了一个鼹鼠家庭。

小豆子念唐诗给大家听，还唱了一支很好听的歌。

"你是我见过的最聪明的蚯蚓。"见多识广的鼹鼠爷爷说。

小豆子听了有些害羞又有些得意，猜想那时他的脸一定很红。

最近一次，小豆子和一头恐龙正谈得起劲，突然，传来了妈妈的喊声："小豆子，你在哪儿？"

"在这儿呢，妈妈。"

小豆子一答应，眼前的恐龙就立刻不见了，他还像先前那样一个人靠着树静静地坐着，恐龙啊什么的，好像压根儿没有出现过。

妈妈说小豆子和别人在一起时，百分百是一个疯小子，而当他一个人的时候，却安静得像个小姑娘。

小豆子觉得妈妈只说对了一点点，要是她知道了上面的事，一定会吃惊不小吧。

MA QUE FEI FEI
麻雀飞飞

外婆家的屋后有一片竹林，小豆子一有空就往那儿跑。

竹林里生活着许多麻雀，它们都是小豆子的朋友，小豆子叫得出它们每一个的名字，比如古米、阿力、西比、阿个大等。

小豆子把面包撕得碎碎的，喂给麻雀朋友们吃。它们边吃边点头，好像在说："谢谢！谢谢！"

小豆子向它喊着，撕了一大块面包，用力扔向它。

后来，古米的胆子慢慢变大了。有一次，它叼了一条虫子放在小豆子面前，叫道："叽喳！叽喳！"

小豆子听懂了古米的话，它是在说："吃吧！吃吧！"

小豆子笑了，说："我是不吃虫子的啊！"

麻雀们喜欢做跳跃的游戏，它们在竹子间快速地跳来跳去，小豆子看得眼花缭乱，认不出谁是谁了。

不过，阿力随便跳到哪儿，小豆子都能一眼认出它。因为它的脑袋上有一块白色的斑纹，非常特别。

西比也长得有些特别，它的尾巴比别的伙伴们都长。它一见小豆子总是显得非常高兴，大概是因为小豆子曾经救过它吧。

那天，西比的脚被一根细绳缠绕住了，怎么努力也飞不起来。

"叽叽喳！叽叽喳！"西比的叫声引来了猫，眼看猫就要扑向西比，这时候，幸亏小豆子及时跑来，赶走了猫。

在所有的麻雀中，阿个大是最聪明的，它总是第一个辨认出小豆子的声音。

"也许，我能把阿个大训练成为一名演员呢。"小豆子常常想。

你相信小豆子会成功吗？

调皮双胞胎

TIAO PI SHUANG BAO TAI

　　小豆子家隔壁新搬来了一户人家，叫小豆子特别感兴趣的是：这户人家有一对跟他差不多大的双胞胎，哥哥叫松一，弟弟叫松二。

　　兄弟俩长得那么像，常常搞得小豆子晕头转向，分不清谁是松一，谁是松二。

　　"你们该在衣服上贴上名字，这样别人就不会弄错了嘛。"小豆子说。

　　"好啊！好啊！"双胞胎答应得挺痛快，可是，他们调皮得很，故意穿错衣服，看小豆子的笑话。

　　有一次，小豆子跟松一比赛跑步，小豆子跑得好快，把松一远远地甩在了后面。

可是，当小豆子到达终点的时候，却看见松一已经轻松地站在那儿了。

"怎么回事？我没看见你超过我呀？"小豆子奇怪极了。

"没有吗？我可看见你来着。"松一坏坏地笑着。

小豆子想了想明白了，跳起来去追他："好啊，你不是松一，是松二！"

这天，小豆子筋疲力尽地回到家里，发誓再也不跟双胞胎玩了。但是，过了一夜，第二天天一亮，他又迫不及待地去找松一和松二了。

双胞胎的主意真是多极了，每天都会想出不同玩的花样。一天，他们找来许多稀奇古怪的东西，把脸和手臂涂成彩色，在帽子上插上长羽毛，最后，全身还裹上了花被单，说是要扮演印第安人。

小豆子看着他们古里古怪的样子，忍不住哈哈大笑。

接着，现代人小豆子和两个印第安人各自拿着树枝，双方展开了一场长矛战。

"冲啊！"

"杀啊！"

喊声震天，战斗进行得难解难分。后来，一不小心，小豆子被两个印第安人俘虏了。

"你们两个人对我一个人，不公平！"

双胞胎才不管小豆子服气不服气呢，他们提出了让小豆子恢复自由的条件："讲个笑话吧，不过，得把我们逗笑了才行。"

小豆子讲起了很好笑的笑话，可是，双胞胎故意屏着不笑，害得他讲了一个又一个。

最后，小豆子生气不讲了，他们才捧着肚子"哈哈哈"地大笑起来……

小飞人

小豆子会画鱼、野兔、长颈鹿、鸽子……还会画小飞人。

有一天，小豆子画完一个在小河上空飞的小飞人，呆呆地坐了很久，连妈妈叫他也没听见。直到妈妈走过来轻轻拍了拍他的肩膀，他才醒悟过来，说："妈妈，有一天我要是变成小飞人飞到天上去，你会害怕得晕过去吗？"

妈妈以为小豆子发烧说胡话呢，在儿子的额头上摸了又摸。

"我会变成小飞人的，真的！"小豆子肯定地说。

从此，小豆子时刻想着变成小飞人，吃饭的时候想，玩的时候想，睡觉的时候想，就连走路的时候也想。

一次，小豆子边走边想，不料撞到了一个人身上。那个人一点儿也不生气，还笑嘻嘻地问："你就是那个名叫小豆子的男孩吗？"

"你怎么知道我的名字？你是个小仙人吗？"小豆子惊讶极了。

这真的是一个小仙人！他是来帮助小豆子的："我知道你心里想的，你想马上变成小飞人吗？"

小豆子兴奋得连话也不会说了，只是用力点了点头。

"几了我去皮你大年个。"小仙人念起了魔语。

眨眼间，小豆子飞了起来，他的两只手像翅膀，灵活地在空中一上一下地扇动。

"看啊！天上有个飞人。"有个人发现了在天上飞的小豆子，大声叫喊。

不一会儿，来看热闹的人越来越多，有小豆子学校里的同学、老师，还有小豆子的爸爸、妈妈。

"小豆子真的会飞了，我相信他会的。"小豆子的妈妈说，她没有晕过去，还很高兴呢。

小豆子是怎么飞起来的呢？呵呵，也许这只是小豆子做的一个梦吧。

最幸福的一天

有一天，在学校里，小豆子吃不下饭。

沙沙对小豆子说："你用左手试试看。我吃不下饭的时候用左手吃就吃得下了。"

这真有趣！小豆子立刻改用左手拿筷子，可是，他还是吃不下饭，以前闻起来香喷喷的红烧肉现在一点儿也不香，看起来还很讨厌！

亮亮、阿秋、佳韦……突然，小朋友们全体一起发出很响的"咂吧咂吧"的嘴唇的声音。

"你们干什么呀？"小豆子奇怪地问。

大家不回答，"咂吧"得更响了，好像他们吃的是世界上最好吃的美味。

嘻嘻，原来，大家是想激发起小豆子的食欲呢！

可是，唉！小豆子还是吃不下饭。

第二天，小朋友们一到学校，老师的眼睛就瞪大了，原来，大家的口袋都鼓鼓囊囊的。

"里面装的是什么呀？"
老师问。

大家都不说，一个个把
口袋捂得紧紧的。

"你们是要做什么秘密
的事吗？老师也想参加呢！"老师笑着说。

"那你不会把好吃的东西都没收掉吗？"佳韦说。

原来，以前老师规定过，小朋友们到学校来，不能带东西
吃。可是今天，除了小豆子，大家都在口袋里藏了好吃的东西。

"你们为什么要带吃的东西来呢？大家是一起说好的吗？"

老师一个个小朋友检查过
来：亮亮口袋里放的是妈咪虾
条，阿秋口袋里放的是香脆饼
干，小杰口袋里放的是苹果，
佳韦口袋里放的是香蕉……

"嗯！"大家一起点头。

"小豆子吃不下饭，我们是带来给小豆子吃的。"阿秋说。

老师"咯咯咯……"笑出了声。接着，老师转身从挂在墙
上的包里拿出来一袋巧克力，说："这是老师带给小豆子吃的。"

哈哈……原来，老师和大家想到一起去了呢。

不耻下问

课上，老师教成语"不耻下问"，在正式教之前，她问小朋友谁知道这个成语的意思。小豆子第一个举手，老师请了他，他站起来低着头大声回答说："'不耻下问'就是低着头回答问题不感到羞耻。"

"哈哈哈……咯咯咯……"大家都开心地大笑起来，连老师也忍不住笑了。笑完，老师批评小豆子说："你这是望文生义。"

"对不起，老师！"小豆子知道自己错了，爽快地承认，还朝大家做了个滑稽的怪脸。

老师解释起这个成语的意思，小豆子听了一半就觉得自己懂了，他马上做起小老师，悄悄地对阿布说："不耻下问就是问比自己小的人，不感到耻辱。"

这天放学回家，小豆子走来走去跟着爸爸，爸爸警惕地问："你跟着我干什么？"

小豆子清了清喉咙，一本正经地问："爸爸，你有问题要问我吗？"

"我为什么要问你问题？"爸爸奇怪极了。

"比如你有什么不懂的事，可以问我的！"小豆子拍着胸脯说，一副很仗义的样子。"去去去！"爸爸又好气，又好笑。

"我比你小，你问我问题就是'不耻下问'啊！"小豆子大声说。

还没到吃晚饭的时间，小豆子跑到外面去。他站着看了一会儿树叶子，又看了一会儿天上的云。接着他看见了谁？看见了夏一南，一个还在上幼儿园的小不点儿。他立即向夏一南奔过去。

夏一南正在看图画书，他见小豆子急急忙忙奔过来，还以为是来抢自己的图画书，跳起来就逃。

"啪嗒！"慌慌张张的夏一南跌倒了。

夏一南的哭声引来了他那高大的爸爸，小豆子好害怕，又好内疚，说："我是'不耻下问'，才来追夏一南的。"

高大的夏一南的爸爸并没有责怪小豆子，他只是觉得小豆子的话好奇怪，一脸茫然。

叔叔知道了这件事，笑得气也喘不过来，说小豆子真是聪明过头。

亲亲妈妈

妈妈出差去了，小豆子边吃饭边想妈妈，连筷子伸到了爸爸的碗里也不知道。

"哎呀，你在想什么呢？"爸爸叫道。

"没有！没有！"小豆子慌乱地说，他不想让爸爸看出自己的心思，要不，爸爸会说，你这么离不开妈妈，像还没长大的小孩子呢。

在学校里，小豆子问点点："要是你的妈妈出差不在家，你会想妈妈吗？"

点点眼睛瞪得大大的，说："我的妈妈从来也不出差的。"

小豆子好羡慕点点，点点有个不出差的妈妈。他看见佳韦，又跑去问："你的妈妈出差吗？"

佳韦的眼睛马上红了，他可怜兮兮地说："我、我妈妈出差已经三天了。"

　　小豆子一眼看出佳韦是想妈妈的，他亲热地用手臂挽住佳韦的手臂，好像在向全世界宣布，他俩是最好的朋友。

　　晚上，小豆子躺在床上，想了一会佳韦，又开始想妈妈了。"要是我变成一只鸟，我就飞到妈妈身边去……"

　　想着想着，小豆子就真的变成了一只小鸟，向着妈妈出差的那座城市飞去。

　　突然，小豆子听见了妈妈的说话声："妈妈也好想你啊！"

　　小豆子又高兴又激动，他抱住妈妈，用尖尖的嘴去亲妈妈的脸。

　　"哎哟！"妈妈叫了一声，捂着脸像小豆子班上的那些女孩子，"咯咯咯"地笑起来……

　　第二天，小豆子见着佳韦，神秘兮兮地说："昨晚我见着我妈妈了哟，还……还……"

　　"还什么呀？"

　　"还……还……"小豆子张着嘴，不好意思说出来。

防毒面具

妈妈和爸爸吵架了，为的是爸爸抽烟的事。妈妈说爸爸是慢性自杀，全家人还跟着受害。

小豆子不知道什么叫"慢性自杀"，去问叔叔，叔叔说慢性自杀就是明明知道吸烟有害，还吸，就等于慢慢地自杀。小豆子想：爸爸真傻啊，好好的，为什么要慢性自杀呢？

小豆子去和爸爸谈心，问："爸爸，你有什么不开心的事吗？"

"没有啊！"

"那你为什么要自杀呢？"

爸爸听了眉毛竖了起来，说："你胡说些什么呀！"

"是真的！妈妈说你吸烟等于慢性自杀。"

不久，爸爸又抽烟了，这回，妈妈没有骂爸爸，却"呜呜呜"地哭起来。

奶奶跑过来骂爸爸，叫他向妈妈赔礼道歉。爸爸很不情愿地说："老婆，以后我不吸烟了！"

这句话他大概已经说过快一千遍了,妈妈不相信,低头继续哭。

等爸爸出门,小豆子拿出用硬纸做的三个面具,发给妈妈一个,奶奶一个,自己留一个。

妈妈和奶奶好奇怪,说:"干吗呀?"

小豆子嘴巴附在妈妈和奶奶的耳朵边悄悄地说了些什么话,说得妈妈和奶奶都不由地笑了,还连连点头。

爸爸一回家眼睛就瞪大了,他看到了三个脸上戴着面具的人,好像三个假人。

"干什么呀,神经兮兮的。"他小心翼翼地说。

"这是防毒面具!"小豆子大声说。

爸爸马上懂了,他不好意思地抓抓头皮,嘴里咕噜着说:"我以后不吸烟了还不行吗……"

"我们不相信!"小豆子代替妈妈和奶奶说。

这一晚,爸爸一支烟也没有抽。他背着两只手在客厅里烦躁地走来走去,小豆子躲在一边偷偷地笑。

星期天，家里来了两个爸爸的朋友，爸爸大概想这下可以名正言顺地抽烟了，他发给两个朋友每人一支香烟，自己的嘴上也叼了一支。可是一转过头，他马上露出了尴尬的神情，因为他又看到了三个脸上戴着假面具的人……

睡不着觉的晚上

晚上，小豆子睡不着觉。

他一会儿觉得耳朵痒，一会儿觉得鼻子痒，抓完了鼻子又觉得脖子痒了起来、手臂痒了起来……

"唉！"小豆子发出重重的叹气声，他把头埋进枕头下，眼睛紧紧闭上，两只手捂紧耳朵，可还是睡不着。

他干脆坐起来，望着窗外的星星出神。

天上有大星星、小星星，大星星像妈妈，小星星像孩子。小豆子想到了妈妈，心里便不由地难受起来。

白天，小豆子跟妈妈去商店，在玩具柜前，他拖着妈妈，吵着要买一辆遥控小汽车。

妈妈坚决地说，家里已经有一辆遥控小汽车了，不买！

小豆子急了，当着很多人的面冲着妈妈大喊："你是世界上最小气的妈妈！"

一瞬间，空气好像凝固了，妈妈站着，低着头一动不动。突然，她抬头看了一眼小豆子。

这一眼，让小豆子久久忘不了，他从妈妈的这一眼中读懂了很多很多……

"妈妈是世界上最爱我的人！"小豆子心里很深的地方，有个声音在说。

他想起有一次他生病住在医院里，半夜里醒来发现妈妈一直坐在床边陪着他。

还有，每次买回好吃的东西，妈妈总是把最好的留给他。

过年过节了，妈妈自己舍不得买新衣服，却把钱省下来给他买书、买学习用品……

小豆子越想心里越不安。突然，他从床上跳起来，"咚咚咚"地向妈妈的房间跑去。

妈妈正坐在床上，低头为他织着一件毛衣。

"妈妈，对不起！"小豆子扑进妈妈的怀抱轻轻地说。

妈妈摸着儿子的脑袋笑了，笑得好甜好甜。

肚子里的小鸡

DU ZI LI DE XIAO JI

早餐的盘子里放着一个鸡蛋，还有一块蛋糕。小豆子三口两口吃完蛋糕，正想开溜，妈妈的眼睛望过来了。

"吃了鸡蛋！"妈妈说。

小豆子只好重新坐回到椅子上，等妈妈转过身去，他飞快地拿毛巾盖住鸡蛋，假装鸡蛋已经被吃掉了。

真奇怪！妈妈没有看见毛巾下的鸡蛋，却知道鸡蛋在哪儿，她说"把鸡蛋吃了"，然后拿掉了毛巾。

唉！小豆子只好吃掉了鸡蛋。他想：现在我的肚子里有了两个鸡蛋，加上昨天的。

第三天早餐，盘子里蛋糕没有了，换了一个面包，可是讨厌的鸡蛋还在。

小豆子一边吃面包，一边东张西望，见不远处的篮子里，放着好多生鸡蛋。

63

"嘻嘻嘻……"小豆子想出了一个鬼主意：他踮着脚尖，把盘子里的鸡蛋悄悄地放进了那个篮子里。

"鸡蛋哪儿去了？"妈妈走过来问，眼睛一眨不眨看着小豆子。小豆子突然害怕起来，只好吞吞吐吐地告诉了妈妈鸡蛋在哪儿。

妈妈走过去，立即从许多生鸡蛋中，看出哪个是小豆子放进去的熟鸡蛋。

吃完鸡蛋，小豆子担忧地想：现在，我的肚子里已经有了三个鸡蛋！

夜里，小豆子梦见自己的肚子里孵出了三只小鸡，三只小鸡"叽叽叽"地叫个不停，想要啄破他的肚皮钻出来。小豆子吓哭了，哭声引来了妈妈。

妈妈知道了小豆子哭的原因，不安慰他，反而"咯咯咯"地笑个不停。她说小豆子吃下去的熟鸡蛋是不会变成小鸡的，还有从菜市场买回来的生鸡蛋也不会孵出小鸡，能孵出小鸡的鸡蛋放在专门的地方，是不卖的。

"妈妈，你说的是真的吗？"小豆子问。

妈妈连连点头，小豆子这才放心了，慢慢又睡着了。

以后，小豆子吃鸡蛋再也不跟妈妈瞎捣蛋了，他还常常对其他小朋友说："不要害怕吃鸡蛋，鸡蛋在肚子里是不会孵出小鸡的。"

学说外国话

爸爸妈妈认为小豆子不够聪明，一定要学学外国话。

小豆子跟老师学了几天外国话，就不想学了，因为周围没有一个外国小朋友，他跑去跟亮亮说"dog"这个词时，亮亮像看怪物似地看着他，看得他浑身不舒服。

这天，老师教小豆子学说"sun"，小豆子不想学，就随便乱说。老师一遍遍教不会，很生气，跑去对小豆子的爸爸妈妈说："你们的儿子我可教不了！"

老师走了，小豆子真高兴，以为从此就可以不用学外国话了。可是爸爸妈妈说："不行，还得学外国话！"

小豆子的高兴劲眨眼间没有了，他气鼓鼓地想："自己不是外国爸爸妈妈，却硬逼着儿子学外国话。"

小豆子的爸爸妈妈跑来跑去打听，怎么才能让小豆子学好外国话。人家说："把小豆子送到国外去，外国话保证讲得又好听又流利。"

小豆子的爸爸妈妈立刻照办，花了很多精力、很多钱，最后终于办好了把小豆子送到国外去的一切手续。

　　临上飞机的那一刻，小豆子抱着爸爸妈妈哭得像个泪人儿。

　　爸爸妈妈心里也像小豆子一样难过，他们的脸上却装着笑，那是在给小豆子鼓劲呢。

　　一年后的暑假里，小豆子回来了，他的外国话果真说得又好听又流利，可是爸爸妈妈一句也听不懂，除了点头、摇头，就是打手势。

　　"哎呀，这个儿子好像变得不像是我们的儿子了。"爸爸妈妈心里觉得怪怪的。

　　"小豆子，跟爸爸妈妈你就不用说外国话了，嘿嘿，还说原来的中国话吧！"爸爸妈妈说。

　　可是小豆子已经忘记了中国话怎么说，他张着嘴，一个中国字也说不出来。

　　没办法，爸爸妈妈又急急忙忙去请了个中国老师，教小豆子学中国话。

外国老师

学校里新来了一个外国老师，外国老师长得好高，小豆子跑去和外国老师比高。哇！他只及外国老师的腰那么高，好像小娃娃在和巨人比高。

外国老师的鼻子也好高，小豆子算了算，大概有自己的两个鼻子那么高。他悄悄地把这个秘密讲给大家听，谁知外国老师的耳朵好尖，说："真的吗？我的鼻子有你两个鼻子那么高？"

天哪！外国老师听得懂中国话哎，小豆子吓得赶快逃走了。

外国老师给小豆子他们班上英语课，他会讲中国话，可是一上来却"叽哩呱啦"讲外国话，害得大家一句也听不懂。

就在大家大眼瞪小眼的时候，外国老师提了一个问题，然后眼睛骨碌碌打转，要找一个人来回答。

小豆子听不懂外国老师问的是什么问题，他的脑袋低得快要碰到了课桌。可是好不幸哪，外国老师偏偏叫到了他的名字，没办法，他只好站起来，低着头装哑巴。

外国老师走过来了，小豆子的心"怦怦"直跳，害怕他像爸爸一样在他耳边吼叫。可是没有，外国老师温柔地拍拍他的肩膀，在他耳边轻轻地用中国话说："没关系！慢慢你就会听得懂了。"

原来外国老师一点儿也不凶！小豆子松了口气。

外国老师很懂大家的心思，当他知道大家听不懂他的话后，就一个词一个词地说得很慢很慢。这样，大家慢慢地就有一些听得懂啦。

一下课，外国老师变成了一个大孩子，他和男孩子们一起奔跑、抢球，还弯下腰做"木马"，让大家一个个排队从他背上跳过去。

遇到不敢跳的男生，外国老师鼓励他："来，你一定能跳过去。"

小豆子真的好喜欢这个外国老师哦。

星期天的朋友

　　小豆子有很多朋友。家里的朋友有爸爸、妈妈、爷爷、奶奶。学校里的朋友有老师和同学。路上的朋友有小鸟、大树。

　　你知道小豆子星期天的朋友是谁吗？是住在他家隔壁的李爷爷。

　　小豆子逗李爷爷不时地笑，带着他一起做健身操。他们学兔子跳，小鸟飞，还比赛学猫叫。"喵喵喵！喵喵喵！"小豆子的叫声脆脆的，李爷爷的叫声嗡嗡的，好像一只小猫和一只老猫。

　　吃饼干时，小豆子忍不住大笑起来。原来，李爷爷的脸上粘上了好多饼干屑，像个贪吃的小毛头。小豆子拿毛巾帮李爷爷擦脸，李爷爷仰着脸一动不动，又像个好乖的小毛头。

小豆子是学校里的讲故事大王，他最喜欢讲故事给李爷爷听了。

讲啊讲，小豆子把知道的故事全讲完了。

"还有的故事在书上，你自己看吧！"小豆子送给李爷爷一本图画书。

拿着漂亮的图画书，80岁的李爷爷开心地笑了。

小豆子要回家去了，他关照李爷爷说："看了故事要记住啊，下个星期您要讲给我听哦！"

"好的！好的！"李爷爷认真地点点头，像个听话的小学生。

李爷爷自从和小豆子交上朋友后，一次也没有生过病，脸色越来越红润，身体越来越健康。

小豆子呢，自从和李爷爷交上朋友，变得像个小大人，懂事又明事理。

LIANG ZHI MAO DE GU SHI
两只猫的故事

每天从外面回来，小豆子都要把看到的讲给妈妈听。

"妈妈，今天我在街上看见了一只猫。"

"哦，一只猫，它在干什么？"

"它在垃圾桶里找东西吃。"

"是吗，后来呢？"

"后来来了另外一只猫……"小豆子开始展开丰富的想象，"两只猫互相瞪着眼睛，第一只猫说：'走开，我先来的。'第二只猫不服气，说：'你先来的怎么了？我也可以吃的。'两只猫吵着吵着，就打了起来。它们打得可凶了，像两只老虎。"

"后来呢？"妈妈微笑着又问，她总是这样鼓励小豆子继续把故事编下去。

"后来一只猫把另外一只猫打伤了，它们都很害怕，一起来到医院里。医生给那只受伤的猫包扎好了伤口，它们送给医生两颗花籽，就走了。"

"'我不该把你打伤。'路上，一只猫对另外一只猫说。'我也不好，我不该赶你走。'另外一只猫说。"

"很好，"妈妈说，"它们都知道了打架不好。后来呢？"

"后来，两只猫成了好朋友，它们再也不到垃圾桶里去找东西吃，因为那里太脏了。它们一起在一块空地上种花，花开了，很多人来参观，带给它们许多食物。"

这时，爸爸回来了，一家三口坐下来开始吃晚饭。

小豆子边吃着饭，边叫妈妈猜："妈妈，你猜，后来，两只猫为什么变成了三只猫？"

"又来了一只猫吗？"妈妈说。

"不是。是两只猫结婚了，生下了一只小猫。"

"我太喜欢这个故事了。"妈妈微笑着说。

妈妈的蓝本子

晚饭后，妈妈拿出一个蓝本子，在上面写啊写。

"妈妈，你在写什么啊？"小豆子问。

妈妈说："在写你的事啊！"

"是我的事吗？"小豆子好奇极了。

妈妈笑着问："想不想知道妈妈今天写的是什么事？"

"想。"

于是，妈妈看着蓝本子念了起来："今天，小豆子的好朋友爱米来家里玩，小豆子拿出图画书和爱米一起看。看着看着，两个人打了起来。因为小豆子看得快，爱米看得慢，小豆子不耐烦，就推开爱米，只顾自己往下看。爱米伸手抢图画书，不小心撕破了书。就这样，小豆子和爱米打了起来，后来，爱米哭着回家去了。"

念完，妈妈看着小豆子的眼睛，说："你知道妈妈刚才写这段话的时候，在想什么吗？"

"不知道。"小豆子老老实实地回答。

"妈妈在想，小豆子和爱米一点儿也不像是好朋友。"

小豆子急了，大声说："是好朋友！"

"如果是好朋友，"妈妈说，"那么，两个人一起看书，看得快的人就应该耐心地等一等啊！"

小豆子脸红了，他悄悄告诉妈妈说："妈妈，我看得快，是因为那本书我看过好几遍了，爱米他是第一次看。"

"那你就更不应该那样做了，更不应该和爱米打架，是不是？"妈妈摸着小豆子的脑袋说。

"妈妈，我要去爱米家一趟。"

妈妈知道小豆子要去干什么，她说："现在天晚了，明天去吧。"

上床睡觉了，小豆子怎么也睡不着。后来，他迷迷糊糊地睡着了，梦见自己和爱米手拉着手一起跑。跑啊跑，小豆子惊讶地看见自己的图画书在前面飞，就和爱米一起追了过去。突然，图画书变成了一张魔毯，他和爱米跳上去，魔毯载着他们高高地飞了起来……

帅气小王子

这天上说话课，蓝老师叫大家说说"最想有什么本领"。

小豆子"腾"地站起来，大声说："我最想有飞的本领，变魔术的本领，跳水的本领，开飞机的本领，跑步跑世界第一的本领，做医生的本领，钻地洞的本领，到星星上去的本领。"

"1、2、3、4、5、6、7、8。"巴亚扳着手指数数，妈呀！小豆子一连说了八个本领。

"你把本领都说完了，别人说什么呀？"巴亚瞪着小豆子，气呼呼地喊。

蓝老师看看小豆子，又看看巴亚，笑眯眯地说："那么，我们每个人就只说一个本领好了！"

"好啊！好啊！"大家都同意。

蓝老师叫小豆子重新说，小豆子想想这个本领，又想想那个本领，哪个都舍不得，这可怎么办？

"说呀！快说呀！"大家都急得不得了。

"我最想有钻地洞的本领。"
小豆子就只好随便说了一个。

"你大概是想做一只老鼠
吧？"尼尼大声说。大家听了都
"哈哈哈"大笑，连蓝老师也笑
弯了眉毛。

接着，小朋友们一个接一个
说开了，卡卡说他最想做飞人，阿贝说他要像马那样站着睡
觉，尼尼说他想要搬到外星球上去住，小杰说他最想有写诗
的本领，巴亚说想做游戏高手，美美说她要像孔雀那样开屏。

"嘻嘻，你只能做雌孔雀，不能做雄孔雀。"小豆子说。

"谁要做雄孔雀，我当然要做雌孔雀。"

"可是，会开屏的孔雀都是雄的。"

"骗人！你骗人！"美美叫着，眼睛寻向蓝老师求助。蓝
老师说小豆子说得对，会开屏的都是雄孔雀。

美美立马换了一个，说她想
要变成一个顶顶漂亮的仙女。

"那我就变成一个顶顶帅气的
小王子。"小豆子脱口而出。

"哈哈……"教室里发出哄笑
声，小豆子羞得低下头，恨不得地
上有个洞好钻进去。

陪外婆说话

PEI WAI PO SHUO HUA

星期天，外婆打来电话。外婆在电话里说："小豆子啊，外婆好孤单，你来陪陪外婆吧。"

"嗯，我马上来。"

放下电话，小豆子乐滋滋地想："原来，外婆像我一样喜欢热闹啊！"

小豆子提着一串鞭炮来到外婆家。外婆一开门，他就点燃鞭炮，鞭炮"噼里啪啦"炸响了。

"外婆，好听不好听？"小豆子得意地问。可是，外婆两只手捂着耳朵，躲到屋里去了。

"外婆，你不是喜欢热闹吗？"

"我叫你来是要你陪外婆说说话啊。"

原来是这样！

小豆子和外婆一起坐在沙发上，小豆子一边吃苹果，一边给外婆讲学校里发生的事。

"有一天啊，"小豆子摇头晃脑说，"我和小面包在操场上学狗爬，我们学得像极了，因为我听见小美说，快看啊，操场上来了两只狗。"

"小面包立刻跷起一只脚，像狗尾巴那样摇来摇去。"

"外婆，你猜得到后来发生了什么事吗？"

外婆摇摇头，说："外婆猜不到。"

"外婆，告诉你哦，后来，我和小面包真的变成了狗哎。"

"真的变成了狗？不可能！"

"是真的，外婆。后来，到吃中饭的时候，我和小面包就不想再做狗了。"

"为什么啊？"

"因为老师给大家肉吃，却只给我们吃肉骨头。我和小面包气死了，大声说'我们不做狗了'，这样一喊，好灵哦，我和小面包就都马上变了回来。"

"我喜欢这样的故事。"外婆说，她搂着小豆子像个小姑娘似的笑了起来。小豆子跟着外婆笑，一直笑到笑不动为止。

狗狗节

GOU GOU JIE

小豆子神秘兮兮地告诉别人，有一个弟弟住在他们家，名叫阿其。

"你有个弟弟？没听说过呀。"

"呵呵，阿其是我家的狗狗。"

狗狗阿其比小豆子小 5 岁，小豆子 6 岁，阿其 1 岁。

这天，全家人给爸爸过父亲节，小豆子突然想：我们家就只有狗狗没有节日。

真的哎，爸爸有父亲节，妈妈有母亲节，小豆子有儿童节，阿其却什么节日也没有。

阿其好可怜，小豆子对妈妈说："我们给阿其过狗狗节吧。"

"好啊！"妈妈说。

全家商量后决定，星期天给阿其过狗狗节。

下午，小豆子在小区里碰到艾艾，对他说："知道吗？这个星期天我们要过狗狗节。"

"狗狗节？"艾艾睁大眼睛兴奋极了，"所有的狗狗都能参加吗？"

"那当然啰！"

不久，小区里很多养狗的人家都知道了这件事，大家开始忙碌起来，有的去给狗狗做美容，有的去商店里挑选给狗狗的礼物。

妈妈对小豆子说："自己做的礼物才最珍贵。"

小豆子点点头，他记得大姐姐老师以前也这么说过的。于是，他哪儿也不去，就待在家里给阿其准备礼物。

狗狗节那天，妈妈给阿其穿上她亲手做的小衣服，小豆子拿出他画的画——《铁臂阿童木》。小豆子是希望阿其变得像阿童木那样勇敢。

参加狗狗节的狗狗都集中在了小区的大草坪上，每一条狗狗都很漂亮，很可爱。小豆子和伙伴们唱了一首歌送给狗狗们，小豆子还表演了口技。

最后，小豆子和阿其一起表演了最最精彩的节目——做算术。

"我6岁，你1岁，6减1等于几？"小豆子说。

"汪！汪！汪！汪！汪！"

啊！一点儿也不错哎。人群中响起了热烈的掌声。

这天的狗狗节，最最开心的要数小豆子了。

粗心小豆子

男孩子有的时候有些粗心，小豆子也是。

有天在学校里，大哥哥老师看见小豆子一只鞋的鞋带拖在地上，忙提醒他："小豆子，快把鞋带系好。"

"知道了，老师。"

可转眼间，小豆子就忘了大哥哥老师的话，没有系鞋带，"噔噔噔"地跑去玩了。

小豆子在草地上尽情奔跑，突然，他的身子往前扑，重重地摔在地上。原来，是他拖在地上的鞋带勾住了草根。

小豆子龇牙咧嘴地坐起来，他的两个膝盖跌破了皮，一动就好疼。

卫生老师赶来给小豆子包扎好伤口，大哥哥老师把小豆子背到了教室里。

小朋友们都围着看小豆子，小豆子又难过，又后悔，唉，现在不能跑，也不能跳，就像一只可怜的小鸟，被捆绑住了翅膀。

一个星期天，妈妈带小豆子去乡下看外婆。外婆养了一群小鸡，小鸡的毛黄黄的，摸上去软软的，好可爱啊！

小豆子蹲在鸡棚前，学小鸡"叽叽叽"叫，还拿稻草逗引小鸡，引得好几只小鸡往上跳，落下来的时候，它们跌成了一堆，好玩极了。

外婆和妈妈要出门去办事，外婆说："小豆子，你在家照顾小鸡，小鸡饿了，就喂它们吃些米粒。"

"知道了，外婆。"

可是很快，小豆子就忘了外婆的话，忘了小鸡，跑去和村里的男孩子们打水仗去了。

一直玩到天快要黑了，小豆子才急急忙忙往外婆家跑去。这个时候，外婆和妈妈也正巧回来，外婆正忙着给小鸡喂食，小鸡们"叽叽叽"叫得好可怜。

哎呀！小豆子想起了外婆先前的话，看也不敢看小鸡们一眼，偷偷溜进屋里去了。

夜里，小豆子做梦，梦见小鸡们追着他跑，争着要啄他呢……

三个人的较量

教室里的日光灯管坏了，来了一个修理工人，他站上梯子，动作麻利地换上了新的灯管。

小朋友们都抬头看着，小豆子和东东、成成站在一起。

东东说："等我长大了，我一伸手就能碰到天花板。"

成成更夸张，说："我一伸手就能摸到天上的白云。"

小豆子听着他们的话，什么也没说，他比他俩都矮。

活动课上，小豆子和东东、成成到操场上去练跑步，东东和成成并排在前面跑，小豆子跟在他们后面。

东东说："我长大了，能跑得比小鹿还快，一眨眼终点就到了。"

成成不肯示弱，说："我，我像火箭，'嗖'地一下就到终点了。"

小豆子听着他们的话，什么也没说，只顾低头往前跑。

跑啊跑，咦，怎么东东和成成不见了？原来，他们都跑到一边的花坛里去休息了。

"小豆子，快过来呀！"东东向小豆子挥着手。

"哈，他再怎么跑，也跑不过我们的。"成成大声说。

小豆子看了两个小伙伴一眼，一声不吭，继续绕着跑道跑。一圈、两圈、三圈……他一定要努力跑完老师规定的距离。

几个星期后，校运动会上，小朋友们进行跑步比赛。

"加油！加油！"围观的小朋友向跑在最前面的东东和成成喊着。

小豆子紧跟在他们后面。跑啊跑，终于，他超过了他们。

"小豆子！加油！小豆子！加油！"在一片热烈的欢呼声中，小豆子第一个跑到了终点。

东东和成成简直不敢相信自己的眼睛。不过，这确确实实是真的，瞧，小豆子像个英雄，被好多人围着呢。

放学回家的路上，东东对小豆子说："下次，我一定会赢你的。"

"我也会赢你的。"成成说，"不是赢一回，是赢一百回。"

小 熊 波 儿

小豆子有一个亲密的朋友——玩具小熊波儿。每天晚上,小豆子抱着波儿睡觉,做的梦也大都是关于波儿的。

有一天早上醒来,小豆子发现波儿不见了。

"妈妈,你看见波儿了吗?"

"这……"妈妈犹豫着说,"没有。"

小豆子找遍房间的每一个角落,也没有波儿的影子。

不见了波儿,小豆子饭也吃不下去,连平时最爱的蛋糕也仿佛失去了香味。

妈妈想让小豆子赶快忘掉小熊波儿,说:"小豆子,我们去看外婆吧!"

"不!妈妈,你一个人去看外婆吧。"小豆子低下头。

"哦,小豆子,听妈妈说,是妈妈,把小熊送掉了。"

"送掉了？你把波儿送掉了？！"
小豆子喊着，眼睛里冒出了泪花。

"对不起，妈妈没有征得你的同意。"妈妈把小豆子的脸扳向自己，"妈妈是觉得你长大了，睡觉不需要再抱着玩具了。"

"不是！波儿不是玩具，是我的朋友。"

"是！是你的朋友。可是，地震灾区的孩子现在比你更需要它，他们失去了亲人和许许多多的朋友。"

"妈妈，你把波儿送给了地震灾区的孩子？"

"对！那些孩子太可怜了。"

"妈妈，我错了！"小豆子喃喃地说，刹那间，他觉得自己真的长大了。

那天晚上，小豆子做梦，梦见小熊波儿有了一个新朋友，它给新朋友带来了快乐。

87

Lion 先生

小豆子在书上看到，国外有个节日，叫愚人节。说是在愚人节那天，大家可以互相开玩笑，谁也不许生气。

"好有趣的节日啊！"小豆子对波波说，"我们来过愚人节吧。"

"好啊！好啊！"

小豆子知道波波有个叔叔在动物园当饲养员，他灵机一动有了主意，凑近波波，悄悄对他说了一些话。

"嘻嘻嘻……"波波边听边笑。

波波告诉小豆子叔叔的电话，小豆子开始打电话。

"你、好！"小豆子故意用外国腔的普通话说，"我找你们，动物园的，lion 先生，请他听电话。"

"你打错了吧？我们这里没有这个人。"电话线那头，波波的叔叔显得很奇怪。

"没有错啊，你，每天和他，在一起的。"

"你说的到底是谁？"

"lion 先生！他，长得很高大，嘴巴也很大，身上有毛，头上有长毛，四条腿，对了！还有，一条尾巴。"小豆子说完这段话，忍不住大笑起来。

波波也跟着大笑，他抢过电话，大声对叔叔说："叔叔，现在你知道 lion 先生是谁了吧？"

叔叔听出是波波的声音，说："好你个臭小子！开什么国际玩笑？"

波波忙说："叔叔，今天我们过愚人节，你可不许生气哦！"

电话里传来了叔叔的笑声："什么呀，臭小子，愚人节在 4 月份，今天几号啊？"

哈，今天是 8 月 9 日！

第二天，小豆子和波波一起去动物园看望了 lion 先生……

TE BIE DE XIN

特别的信

　　妈妈叫小豆子到楼下的信箱里去拿报纸，说："以后，每天开信箱的任务就交给你了。"

　　"知道了，妈妈。"小豆子很高兴帮妈妈做事。

　　信箱里除了家里订的报纸，偶尔会有爸爸或妈妈的信。小豆子真希望能收到一封自己的信，上面写着他的名字，贴着漂亮的邮票。

　　这天，外公打来电话，问小豆子想要什么样的生日礼物。

　　小豆子犹豫了一下，说出了自己的心愿："外公，我想要收到一封信。"

　　"一封信？"

　　"对的，外公。"小豆子强调说，"是专门写给我的信，一封特别的信。"

　　小豆子生日那天，家里来了很多客人，客人们带来了许多礼物，有吃的，有玩的，都是小豆子喜欢的。

外公一直笑眯眯地看着小豆子，他靠近小豆子，悄悄说："去看看信箱吧！"

经外公一提醒，小豆子才猛然想起了先前跟外公说过的心愿。可是，心愿是心愿，难道真的会实现吗？

小豆子"咚咚咚"地跑下楼去。

打开信箱的一刹那，小豆子惊呆了，里面竟然真的躺着一封信，一封天蓝色的信，上面清清楚楚写着他的名字——小豆子。

"哦——"小豆子兴奋地叫起来，"是给我的信哎！"

小豆子急切地打开信读了起来……

更让他意想不到的是：信末的落款竟然是——魔法师。

"是魔法师写给我的信哎！"小豆子一边向楼上飞跑，一边大声宣布。

不久，所有的人都知道了这件事，大家热烈地谈论着，只有外公，笑得最神秘……

"公主"和"武士"

国庆节，堂妹妮妮来玩，小豆子很高兴，他们一起用积木搭了一座城堡。

妮妮说："这么漂亮的城堡给谁住呢？"

"我们啊！"小豆子说。他用两块红色的积木搭了一个小人，把它放进城堡里，当作是妮妮；又搭了一个蓝色的小人，放在城堡门口，当作是自己。

"你是公主，我是保护公主的武士。"小豆子说。

妮妮开心地笑了。

这时，传来了敲门声，小豆子说："当心，公主，敌人来了！"

"武士"和"公主"躲到门背后，"武士"压低声音说："等敌人进来，我们来个突然袭击，打败他！"

门被推开，"敌人"进来了，他四处看看，自言自语："人呢？两个小家伙怎么都不在？"

"冲啊！"小豆子突然大喊一声冲了出来。

可是，"敌人"并不老实，他反手抓住了跳到他背上的小豆子，厉声问："干什么？"

"'公主'，快来帮忙啊！""武士"挣扎着大叫。

"公主"傻傻地站着，弱弱地说："可是，他是你的爸爸啊！"

"不管！'公主'，快抱住'敌人'的脚，不让他逃跑。""武士"又喊。

可是，"敌人"的动作要比"公主"快多了，他伸出一只手，一把抱住了"公主"。

"武士"和"公主"全被抓住了！"敌人"宣布："听着，我要把你们统统关起来！"

"公主"一听急了："伯伯，是我呀，我是妮妮。"

"敌人"忍不住笑起来。"武士"趁机逃走，他一边跑一边回头喊："'公主'，我会回来救你的！"

顽皮小猫

奶奶在织毛衣。小猫绕着奶奶打转转，眼睛盯着在奶奶怀里滚来滚去的绒线球。

突然，小猫跳起来，两只爪子抓住了在空中荡来荡去的绒线。

"哎哟！"奶奶叫起来，"小豆子，快来引开小猫。"

小豆子连忙跑来抱走小猫。

"小猫，你不要打扰奶奶，奶奶在为你织毛衣呢。"小豆子批评小猫说。

"喵喵喵……"小猫叫着，好像在说："我不管，我要玩绒线。"

小豆子拿来一个彩色小皮球，陪小猫玩，逗引它往上跳。

小猫玩累了，躺在奶奶脚边"呼噜呼噜"睡着了。

"这下好了，小猫不会再打扰奶奶了。"小豆子继续去看他的图画书。

"丁零丁零……"门铃响了起来，奶奶放下毛衣，走去开门。

原来是叔叔来了。小豆子和奶奶一起招待叔叔，陪叔叔说话。

突然，从奶奶的房间里传来了小猫的尖叫声。

"小猫怎么啦？"小豆子飞奔过去看。

哎呦！小猫闯大祸了，它把奶奶已经织了一大半的毛衣，扯得快没有了，绒线全缠绕在了它的身上、耳朵上、四只脚上，甚至连尾巴上也绕了不少。

"喵喵喵……"小猫可怜巴巴地叫着，它一定没想到绒线会把它自己捆绑起来。

"你可真顽皮！"小豆子一边小心地松开小猫身上的绒线，一边责怪小猫。

"喵……"小猫温柔地叫一声，伸出舌头舔舔小豆子的手。

后来有一天，奶奶像变戏法似的，突然拿出了她为小猫织好的新毛衣。

小猫穿上彩色的新毛衣，显得又漂亮又神气，它站在镜子前，和镜子里的自己"喵喵喵"说了很长时间的话。

然后，它跑到奶奶脚边，身子紧紧地蹭着奶奶，好像在说："谢谢您，奶奶！"

圣诞聚会上的勇士

小豆子一个人练了一下午的倒立，这会儿，他正靠着墙壁生闷气呢。

昨天，好朋友罗立在同学们面前表演倒立，一下坚持了 10 分钟，赢得大家一致好评。小豆子看着罗立，真希望自己就是罗立啊！

今天，小豆子再怎么憋足了劲地练，就是不能坚持 10 分钟。唉！看来要想在圣诞聚会上露一手的愿望实现不了了。

圣诞聚会眼看就要到了，同学们都忙着准备节目，小豆子呢，做什么都提不起劲。

一天，小杰来小豆子家玩，说："小豆子，我想在聚会上表演唱歌，你呢？"

"不知道！"小豆子没好气地回答。

爸爸听见了，回头奇怪地看了儿子一眼，问："怎么啦你？"

小杰走后，爸爸终于弄明白了儿

子的心思，笑着说："我当是什么事呢，不过是想在大家面前露一手，告诉你一个取胜的秘诀——发挥自己的长处，别拿短处去跟人家比！"

爸爸的话让小豆子眼前一亮，他灵机一动，决定发挥自己画画的特长，让大家印象深刻，过目不忘。

圣诞聚会前几分钟，小豆子完成了他的杰作——他用油彩把自己的脸涂抹成了一个勇士的模样。

当小豆子出现在大家面前时，起先，谁也没说话，大家一个个全愣住了。

突然，不知是谁大喊一声："他是小豆子哎！"

一下子，人群像炸开了锅，大家兴奋地围住小豆子，赞叹不已：

"真有趣！小豆子，你是怎么想出来的？"

"小豆子，帮我也画一个吧。"

……

小豆子心里乐开了花，他不停地笑，呵呵，脸上有一块油彩要掉下来了……

小豆子学写字

小豆子进小学成为小学生前，有一天，奶奶教他学写字。奶奶在纸上写了个大大的"人"字，叫他照着写。

小豆子一笔一画写得可认真了，写完了，跟奶奶写的比一比。咦？奇怪，它怎么是倒的？一只脚翘在上面。

奶奶说："人要站起来才好，不要躺着。来，再写一个。"

小豆子又写了一个，这回，这个"人"总算站起来了，但没站稳，脑袋是歪的，好像随时会倒下来似的。

"好多了！好多了！"奶奶鼓励小豆子说。

爸爸走过来了，他说："怎么搞的，为什么不好好写？"

"我好好写了呀！"小豆子说，他觉得很委屈。

"看你嘴还硬！"爸爸板着脸说。

奶奶说："你急什么呀？也不想想你自己小时候。"

爸爸一听，马上神气不起来了，走开了。

小豆子很好奇，缠着奶奶问："奶奶，爸爸小时候怎么啦？"

于是，奶奶边笑边回忆起了爸爸小时候的事。

"他呀，那时连 6 和 9 都分不清。奶奶只好这样教他：尾巴在上是 6，尾巴在下是 9。这样他才慢慢记住了。"

小豆子听了大笑，说："还有呢？还有呢？"

"还有，他写的 2 和 7 是反的……"

哈哈哈……小豆子笑得滚倒在奶奶怀里，奶奶也笑出了眼泪。

小哈巴狗米米

米米是外婆养的一只小哈巴狗，小豆子很喜欢它。可是，小豆子住在城里，外婆住在乡下，小豆子不能经常看到米米。

这天，妈妈终于答应小豆子把小哈巴狗带回家。"照顾米米的任务就交给你了。"妈妈说。

小豆子开心得不得了，他一会儿给米米吃这个，一会儿又喂它吃那个，还把玩具都搬出来给它玩。可是，米米好像不太高兴哎，它懒洋洋的，一点儿也提不起精神来。

"带它出去玩玩吧。"妈妈说。

小豆子抱上小皮球，带米米来到了楼下的大草坪上。这个时候的米米，完全变了，它一次次跳起来去追小豆子扔出去的球，像个贪玩的小男孩。

不知不觉天已经有些晚了，小豆子收起小皮球，说："米米，我们回家了。"

一回到家，米米刚才的调皮劲又不见了，它眼神呆呆的，吃东西一点儿也不香。

一天，两天，三天，米米都这个样。小豆子说要打电话问问外婆。奇怪啊，米米好像听得懂，它突然兴奋起来，冲着电话机又扑又叫。

小豆子明白了，原来是米米想外婆了。

"外婆，我想您，米米也想您了。"小豆子在电话里说。

第二天，外婆就上城里来看小豆子和米米了。米米见了外婆，高兴得直摇尾巴，还一个劲儿地绕着外婆打转。

小豆子开玩笑说："外婆，现在您有两个小外孙了。"

外婆一只手搂住小豆子，一只手抱起米米，笑得嘴也合不拢，说："是啊！是啊！"

米米好像知道外婆随时会走似的，它一刻不离地跟着外婆，还不时地"呜呜"叫，好像在求外婆把它带回家。

外婆对小豆子说："米米可能不习惯住在城里，要不，我还是把它带回乡下去养吧。"

小豆子虽然舍不得，但还是点了点头，他说："外婆，要是我是米米，我也会喜欢住在乡下的。"一句话逗得家里人个个笑弯了腰。

六碗饭

以前，小豆子听妈妈说过，流掉一滴血，等于少吃一碗饭。

有一天，在学校里，小豆子不小心碰破了手指头。

"1、2、3、4、5"，小豆子边哭边数，总共掉下来5滴血。

"呼哧呼哧……"大哥哥老师喘着粗气跑过来，他一把抱起小豆子，向卫生室猛跑。

小豆子被大哥哥老师的架势吓住了，他忘了哭，也忘了流掉了几滴血，直到卫生老师给他包扎好了伤口，才想起来手指头总共流掉了5滴血。

"妈妈呀！"小豆子可怜兮兮地叫了一声，又哭开了。

"过几天就好了呀！"大哥哥老师说，"快把眼泪水擦掉。"

在跟着大哥哥老师往教室走的路上，小豆子一直竖着那根手指头，它看起来好粗，一层层缠着白纱布，像胖胖的蚕宝宝。

"老师,今天我要吃 5 碗饭哦。"小豆子很认真地对大哥哥老师说。

大哥哥老师瞪大眼睛吃惊地问:"为什么呀?"

"我妈妈说,流掉一滴血,等于少吃一碗饭。我流掉了 5 滴血,就要补吃 5 碗饭。"

"哈哈哈!"大哥哥老师忍不住笑起来。

吃午饭了,大哥哥老师把小豆子的那碗饭分装在 5 只小小碗里,那些小小碗真可爱啊,好像是专门给小精灵准备的那一种。

"要是每天都这样吃饭就好了!"小豆子乐滋滋地想。突然他叫道:"老师!老师!"

"什么事?"

"老师,5 加 1 等于 6,我要吃 6 碗饭的!"

"6 碗?为什么呀?"

"5 碗饭是补吃的,1 碗饭是本来要吃的。5 加 1 等于 6。"

于是,大哥哥老师又拿来了一只"小精灵"碗。

现在，有 6 碗饭摆在小豆子面前，小豆子这只碗吃一口，那只碗吃一口，吃得可香了。

小朋友们都羡慕得不得了。阿布大声说："我以后要吃 10 碗饭。"

"我吃 15 碗饭。"

"我吃 18 碗饭。"

……

男孩子们一个比一个喊得响。不过，他们嘴上虽然这样说，但是，心里都有些害怕，因为手指头上流那么多血，好像是很可怕的！

小小男子汉

小豆子觉得：要成为一个真正的男子汉，就要干大事、重要的事。

星期天，小豆子缠着爸爸问："爸爸，有什么重要的事要我做吗？"

爸爸想不起来有什么重要的事，因为星期天他什么事也不想干，只想好好休息休息。

"如果你实在闲得慌，就替我擦擦皮鞋吧。"爸爸说。

擦皮鞋算什么事！小豆子去找妈妈。妈妈在厨房里剥毛豆。

"妈妈，您有重要的事要我做吗？"小豆子很响地问。

妈妈头也不抬，她把嘴巴凑近小豆子的脸，想要在上面亲一口。

"干什么吗？"小豆子忙躲避，急得脸也红了。

好讨厌啊！

"妈妈，有啥重要的事要我做吗……"

"帮我剥毛豆吧！"妈妈说。

"这算什么事呀！"小豆子气呼呼地跑出了厨房。

小豆子重重地躺倒在沙发上，正在沙发底下睡觉的老猫"喵"地大叫一声，蹿了出来。

"喵呜，你丢了小猫吗？"小豆子跳起来追老猫。

"帮老猫找回丢失的小猫，这可算得上一件大事呢！"小豆子边追边寻思。

从没见老猫这么灵活，它钻过凳子，跳上桌子，又蹦到了窗台上。

"站住！站住！"

"喵喵喵，喵喵……"老猫哀哀地叫着，好像在说："你干吗追我？我又没有惹你。"

小豆子没有追上老猫，自己倒被爸爸逮住了。

"你疯啦！"爸爸好凶地喊。

"是……是老猫疯了……"

小豆子

FEI MAO TUI XIAO DOU ZI
飞毛腿小豆子

小豆子和力力同岁，两人身高、体重也都很接近。可是，每次跑步比赛，力力都跑第一名，小豆子却一次也没有。

小豆子常常幻想能遇见一位神奇的魔法师，只要魔法师用魔棒一点，哈哈，他就马上变成了飞毛腿，跑起来飞快。

或者，魔法师把他变成力力也行。

一天放学回家，小豆子大声宣布："爸爸、妈妈，以后你们要叫我力力哦！"

"为什么？你是我们的儿子啊。"爸爸、妈妈惊讶地说。

"不！我不想再做你们的儿子了，我要做力力，跑步得第一！"

"希望跑步得第一，这是好事。可是，没有必要非要变成力力不可嘛。"爸爸笑着说，"我能帮助你实现愿望。"

107

爸爸真的能帮助自己跑第一吗？小豆子不相信，谁都知道爸爸不是魔法师。

第二天，爸爸比平时早半个小时叫小豆子起床，小豆子很不情愿，躲在被子里说："不，我还要睡嘛！"

"你不是希望跑步得第一吗？那就得多做训练才行啊！"

这是真的吗？小豆子马上跳了起来。

从此，每天天一亮，小豆子就跟着爸爸去跑步。

日子一天天过去，哈哈，小豆子由摇摇摆摆的小鸭子，真的变成了飞毛腿！

在学校举办的运动会上，当小豆子接过校长颁发的"跑步比赛第一名"的奖状时，同学们向他投来了羡慕的眼光。

奇怪的小豆子

QI GUAI DE XIAO DOU ZI

小豆子今天好奇怪，别人向他打招呼，他不回答，把脸埋进衣领里，低头匆匆跑开去。

下午，小伙伴们约好一起去踢球，踢球没有小豆子可不行，他是很好的前锋呢。

"小豆子，踢球去！"大家一阵风似的冲到小豆子家，七嘴八舌地喊。

"不去！不去！"小豆子的声音从屋里"嗡嗡"传出来。接着传来"砰"的一声响，门被关上了。

哎呀！这个小豆子，真太扫兴了！

第二天，大家意外地听到一个消息：小豆子生病，住进了医院！

这个小豆子，怎么会生病的呢？小伙伴们相约一起去看小豆子。

"啪嗒！"哎呀！卡加走得太急，跌倒了。大家急忙把他扶起来，接着往医院赶。

等赶到医院，大家一个个张大嘴直喘粗气，一时止也止不住。有人很纳闷，怎么一下子来了这么多哮喘病人？

医院的走廊可真长、真多，大家七拐八弯，好不容易才找到小豆子住的病房。

病房里静悄悄的，小豆子一动不动躺在白色的病床上，好像睡着了。大家站在门口，屏住呼吸往里瞧。

"小豆子！"阿达轻轻一喊。

白色的被子动了一下，小豆子睁开眼睛。奇怪的是，他一看见站在门口的伙伴们，显得很慌乱，拿出一只大口罩，罩住了整张脸。

这个小豆子！大家正想问为什么，走来一个护士阿姨，她毫不留情地把大家全赶出了医院，说现在不是探视病人的时间，还有，看望病人可不能一下子进来这么多人。

后来，大家才知道，小豆子得的是病毒性感冒……

WAI GONG DE CAI YUAN ZI

外公的菜园子

　　有一天，小豆子去看望外公，外公说要出门一趟，让小豆子照看半天菜园子。

　　"附近山上有野兔，小心别让它们溜进菜园子。"外公说。

　　"外公，您放心，我会看好菜园子的。"

　　外公走了，小豆子拿根长竹竿坐在菜园子旁，观察着山上的动静。突然，他看见山坡上的树丛晃动了起来。

　　"大概是野兔吧。"小豆子警觉地站了起来。

　　原来不是野兔，是村里的一个小伙伴，他跑过来，问小豆子想不想去钓鱼。

　　小豆子很想去钓鱼，可是，外公的话让他不知说什么好。

　　"你到底去不去呀？"小伙伴皱着眉头看着小豆子说。

　　小豆子叹口气，摇摇头。

　　中午，外公回来了，他看见小豆子好好地看着菜园子，很

高兴，说："饿了吧？待会儿外公喊你吃饭。"

吃过午饭，小豆子约住在隔壁的阿里去山坡上玩，说："我们去捉野兔吧。"

"野兔？哪里有啊？"

"那边的山上啊。"

"瞎说，山上没有野兔的。"

"有的，我外公说的。"

……

两个人争了起来，外公听见了，过来把小豆子拉到一边，说："阿里说得对，这里山上是没有野兔的。"

"可是，外公，您怎么……"

外公笑了，说："上午外公不在家，怕你一个人跑远，才想了这么个办法。"

原来是这样啊！

"你怪不怪外公？"外公问。

小豆子想了想，说："不怪，外公是为我好。"

MO FA SHI XIAO DOU ZI
魔法师小豆子

小豆子从魔法学校毕业了。这天回到家，他大声宣布说："爸爸、妈妈，以后，你们要叫我'魔法师小豆子'哦！"

"好啊！好啊！"

"魔法师小豆子，你学到了什么本领呀？"妈妈问，她正在找扫帚，准备扫地。

"本领可大了，想变什么就变什么。"小豆子说。眨眼间，他变成一把扫帚，自动扫起地来。

"啊？！啊？！"妈妈张大嘴惊讶极了。

小豆子出门看见隔壁刘叔叔站在走廊里抽烟。

抽烟是慢性自杀，小豆子想起老师的话。他灵机一动，变成一把水枪，对准刘叔叔的烟"哧"地射出一道水柱。

水柱射灭了刘叔叔的烟蒂，刘叔叔瞪大眼睛话也说不出来。

下午，外婆说要来看小豆子。小豆子想：外婆年纪大了，走不动路怎么办？于是，小豆子跑到半路上，变成一把椅子等着外婆。

外婆走啊走，走累了，看见路上有把椅子，喜滋滋地坐下来休息。

一会儿，外婆站起来继续往前走。奇怪的是，椅子也跟着走，外婆走得快，它也走得快；外婆走得慢，它也走得慢。等到外婆又走不动了，椅子正好走到外婆屁股底下。外婆坐下来，高兴地说："这椅子通人性！"

外婆还没走到小豆子家呢，就大声喊："小豆子，快来看，有一把椅子跟着我。"

小豆子摇身一变，变回自己，"呵呵呵……"他看着外婆，笑个不停。小豆子为自己的魔法感到骄傲。他在街上走，看见警察在追一个小偷，小偷跑得好快。

不好！小偷要逃掉了。小豆子马上变成一颗石子，"骨碌碌"向小偷滚去。

石子追上小偷，跳起来"咚"的一下敲中了小偷的头。小偷吓得"啊呀"叫了一声，捂住脑袋，蹲在地上一动不敢动了。

小偷被抓住了，警察发给小豆子一枚荣誉奖章。

"小豆子，快醒醒，该起床了。"小豆子正想着要给妈妈看奖章呢，却传来了妈妈的叫喊声。

哎呀，小豆子好懊恼，奖章什么的统统消失不见了……

变、变、变

一天，妈妈买回来一本新图画书。新图画书的名字好怪，叫《变变变》。咦？是什么东西在变、变、变呢？

小豆子翻开图画书仔细看，哦，是小蝌蚪，小蝌蚪一点点长大，变呀变，变成了大青蛙。

还有毛毛虫，毛毛虫一点点长大，变呀变，变成了漂亮的蝴蝶。

蚕宝宝呢，变呀变，变成飞蛾飞呀飞。

"妈妈！妈妈！我长大了会变成什么？"小豆子急急忙忙跑去问妈妈。

妈妈摸摸小豆子红扑扑的小脸蛋，说："变成大人呀！"

"然后呢？"

"然后就变成一个爸爸。"

"啊！是谁的爸爸？"小豆子惊讶极了。

"小宝宝的爸爸啊！"

"哪来的小宝宝？"小豆子向四周看看，眼睛瞪得大大的。

于是，妈妈耐心地解释起来："小豆子长大了，就会离开妈妈，和一个自己喜欢的姑娘结婚。然后呢，就会生下可爱的小宝宝。"

妈妈的话好难懂呀！不过，小豆子听懂了"离开妈妈"这四个字，他用力地摇头，大声说："不要！不要！小豆子不要离开妈妈。"

妈妈笑着一把搂住小豆子，说："好！好！小豆子永远和妈妈生活在一起。"

下午，小豆子和妈妈一起去散步。他突然抬起头，对妈妈说："妈妈，我长大了要变成一只大鸟！"

"变成大鸟？为什么呀？"

"那样，我就可以驮着您到处飞来飞去了呀！"小豆子认真地回答。

妈妈听了，"咯咯咯"地笑弯了腰。

公园里的小鹅

星期天,小豆子和好朋友嘉嘉一起去公园里玩。

公园的小河里有两只鹅,雪白的毛,弯弯的头颈,好可爱!

"嗨哟!"嘉嘉捡起地上的小石子,用力向鹅扔去。

"不要扔!"小豆子叫道。

对呀,动物是我们的朋友啊!嘉嘉不好意思地抓抓头皮,放下了手里的另一块小石子。

两个好朋友看着鹅,一起背起了一首古诗:

"鹅鹅鹅,曲项向天歌。

白毛浮绿水,红掌拨清波。"

"戇!戇!戇!"

"戇!戇!戇!"

两只鹅伸长头颈大叫起来。

小豆子又高兴又惊讶，说："鹅听得懂古诗哎！"

"不可能的！"嘉嘉说，"你说的又不是鹅语，鹅怎么会听得懂呢？"

小豆子皱着眉头抓抓头皮，真的，自己可从来没有学过鹅语呀！

"嘎！嘎！嘎！"

"嘎！嘎！嘎！"

两只鹅像两艘小艇，边叫边向岸边游过来了。

"我知道了，嘎嘎嘎，这就是鹅语呀！"小豆子兴奋地叫道。于是，他用鹅语重新背起了古诗：

"嘎嘎嘎，嘎嘎嘎嘎嘎，

嘎嘎嘎嘎嘎，嘎嘎嘎嘎嘎。"

原来鹅语就这么简单啊！

嘉嘉一边喂鹅吃面包，一边也跟着背了起来：

"嘎嘎嘎，嘎嘎嘎嘎嘎，

嘎嘎嘎嘎嘎，嘎嘎嘎嘎嘎。"

附近的人听见了，都好奇地跑过来看。有个人说："这两个小朋友学鹅叫学得真像啊！"

"不对！我们不是在学鹅叫。"嘉嘉说。

"我们在用鹅语背古诗呢。"小豆子说。

和小鸟做朋友

外面风很大，爷爷说："今天是放风筝的好日子。""真的吗？"小豆子高兴地说，"爷爷，那我们去放风筝吧。"

爷爷说："我来做个结实一点的风筝吧。"于是，爷爷找来细竹竿，一块薄的蓝布，拿来剪刀、针线，做起了风筝。

风筝做好了，小豆子左看看、右看看，说："等等，爷爷。"说着，他跑去拿来水彩笔，在蓝布上画了一个大人，一个小孩。

小豆子说："爷爷，这个大人是您；这个小孩是我。"

"哈哈哈……"爷爷大笑起来，"好啊！好啊！"

爷爷和小豆子拿着风筝来到了小区里的绿草坪上，爷爷教小豆子迎着风儿快跑，小豆子一边跑一边放风筝线。

　　跑啊跑，哎呀，前面是围墙，跑不过去了。不过没关系，风筝已经飞上天了！小豆子回头看见爷爷拍着手，开心得像个小孩子。

　　风筝在天上悠闲地飞啊飞，突然，一阵猛烈的大风吹来，小豆子来不及抓紧风筝线，眼睁睁看着风筝翻着跟斗，飞出了小区的围墙。

　　"快追！"爷爷喊道。

　　小豆子和爷爷追出了小区大门，哎呀，风筝被卡在一棵大树的枝丫里了，有几只小鸟正围着它"叽叽喳喳"地叫着、跳着。

　　"爷爷，你猜小鸟们在干什么？"小豆子说。

　　"在干什么？"

　　"风筝上有您和我，所以啊，小鸟儿是在和我们说话呢。"

　　爷爷听了笑了，说："那就让风筝留在树上吧。"

　　"对！让它和小鸟做朋友。"小豆子说。

图书在版编目（CIP）数据

小豆子 / 金建华著. — 上海：上海教育出版社，
2018.10
ISBN 978-7-5444-8661-3

Ⅰ.①小… Ⅱ.①金… Ⅲ.①儿童故事—作品集—中
国—当代 Ⅳ.①I287.5

中国版本图书馆CIP数据核字(2018)第219511号

责任编辑　王　健
插画绘制　陈　新
美术编辑　郑　艺

小豆子
金建华　编写

出版发行　上海教育出版社有限公司
官　　网　www.seph.com.cn
地　　址　上海市永福路123号
邮　　编　200031
印　　刷　上海展强印刷有限公司印刷
开　　本　700×1000　1/16　印张 8.25
字　　数　73千字
版　　次　2018年10月第1版
印　　次　2018年10月第1次印刷
书　　号　ISBN 978-7-5444-8661-3/I·0118
定　　价　42.00 元

如发现质量问题，读者可向本社调换　电话：021-64377165